追放された神官、【神力】で虐げられた人々を救います！
女神いわく、祈る人が増えた分だけ万能になるそうです
3
著 Saida《サイダ》
ill かわすみ

リアヌン
アルフが教会で
出会った女神。
マイペースで
食いしん坊。
古代竜
教会都市の地下迷宮に
長い間封印されている神獣。
ミケイオ
スラムで生活する兄妹。
アルフに懐いている。
マリニア
アルフ
貴族の嫉妬によって
街外れの教会に飛ばされた神官。
神の声が聞こえる
スキル「預言者」と類まれなる
魔法のセンスを持つ。

魔人
かつてパルムを
混乱に陥れた元凶。
神々に強い恨みを
抱いている。
イデロフ
リアヌンと同じ神の一柱。
教会都市の監視役として
地上にやってきた。
マルカイル
聖王と呼ばれる、
教会都市パルムの
最高権力者。
登場人物

第一話　聖王の企《たくら》み

教会都市パルムにある大聖堂《だいせいどう》。

その巨大な建物の最も奥まった場所には、一部の人間しか立ち入ることのできない部屋がある。

そこは『聖王《せいおう》の間《ま》』と呼ばれ、パルムの最高権力者である聖王マルカイルが使っている部屋だった。

六体の巨大な聖者の像を背に、聖王は玉座に腰かけていた。

聖王が手に持った杖で、ドンと突くと、部屋の床に描かれた魔法陣《まほうじん》にも似た模様《もよう》が光る。

室内に、彼だけに見えるように教会都市パルムの全景が映し出された。

街全体に点在する二十一の教会。そしてその上に浮かぶ数字。

この数字は、神に対して祈《いの》りを捧《ささ》げたり、人々が教会を利用したりすることによって溜まっていく力──『神力《しんりき》』を数値化したものだった。

それぞれの神力は、聖王から与えられた特別な力──『スキル』を神官が使うことにより、消費される。

だが、パルムの全ての教会は、民衆が熱心に祈りを捧げることにより、神力が増え続けていた。

そしてこれらの神力は、この大聖堂に統括《とうかつ》されて、膨大《ぼうだい》な数字になっていた。

聖王はその数字を見て満足げに笑う。

それから部屋の上に視線を移して、聖王の間全体に浮かぶ、青く光る玉を眺《なが》めた。

これらは、溜まった神力と引き換えに得ることができるスキルを表している。

だが、その中に赤く染まっている玉が一つだけあった。

青い玉とは違って、今集まっている街全体の神力を合わせてもなお、手に入れることができないスキル。

聖王が赤い玉に意識を向けると、彼の頭の中に、そのスキルのイメージが流れ込んできた。

スキルの内容は、封印《ふういん》された古代の神獣を召喚して自分に従わせるというもの。

聖王はその力を確認して恍惚《こうこつ》とした表情を浮かべる。

そして自分がそのスキルを得た後のことを夢想《むそう》した。

これを使えば、『天災』と恐れられた神獣の脅威《きょうい》を完全に自分のものにできるのだ、と聖王は口元を歪《ゆが》めた。

スキルを得るために必要な神力は、パルムにある教会全体を足して、あとわずかに足りないという状況だ。

聖王は赤い玉から手を離して、部屋の天井を見る。

そこには、教会都市パルムを中心とした世界地図が描かれている。

天井一面に広がる、森。

その鬱蒼《うっそう》とした森の中に、海に浮かぶ小島のように街がいくつか見える。

中でも一際《ひときわ》大きな街は、二つだ。

教会が集まる都市であるこのパルム。

それからこの国を統治《とうち》している王都、ガラドセラム。

マルカイルが今の座に就《つ》くより何代も前の聖王は、当時の国王に最高権力者の座を奪われて、王都からパルムに追い出されていた。

その後、神とのつながりをもとに、何代もかけて歴代の聖王が発展させた結果、今の教会都市パルムがある。

それも王都の者を見返すためであったが、その準備が着々と整いつつあった。

「もう少しの辛抱《しんぼう》だ……もう少しで手に入るぞ……」

「何が手に入るのだ」

聖王は突然部屋に響いた声にハッとする。

そして杖を振り、彼の目だけに映っていた、都市パルムとスキルの玉の幻影《げんえい》を部屋全体から消した。

聖王が鋭《するど》い声を飛ばす。

「誰だ。私の許可なく、この部屋に入るなど……」

「許可なく……か。ずいぶんと偉くなったものだな、聖王よ」

いつの間にか部屋に入ってきた男が厳しい目で聖王を見る。

「私は厳格《げんかく》の神、イデロフ。今までここを担当していた放任《ほうにん》の神に代わって、この都市を任されることになった」

その言葉とともにイデロフが軽く手を振ると、部屋全体に幻《まぼろし》が現れた。

「……っ！」

今しがた聖王が消したはずの都市パルムの全体像とスキルの玉だ。

イデロフがスキルの玉を出現させたことに、聖王は驚く。

「ほう……」

イデロフが呟《つぶや》いて手を伸ばすと、一つの青い玉が彼の手元にやってきた。

その玉に触った後、イデロフが目を細める。

「これが放任の神のやり方だな。お前たち人間を信頼し、自由にスキルを管理させていたと」

イデロフは青い玉から手を放し、再び軽く手を振った。

部屋の中の幻が消えていく。

厳格の神は、呆気《あっけ》にとられている聖王を睨《にら》んだ。

「聖王よ。お前がこの街でスキルを与えた者たちは、それらの正しい使い道を知っていたのだろうな？」

「それは……」

聖王は言葉に詰まった。

イデロフは、構わず続ける。

「高位の神々が、この街のあり方を憂《うれ》えておられる。我らが与えしスキルが、民を救うために使われておらぬとな」

厳格の神が鋭い眼光を放つと、聖王の口からうめき声のように言葉が漏れる。

「私たちは……神から託《たく》された力で、精一杯、できることをしている……つもりだ」

「ほう？」

厳格の神は、聖王の言葉を聞いて眉《まゆ》を上げる。

「ならば、徹底的に調べさせてもらうぞ。この街でスキルを持つ者が、一体どのような使い方をしているか。その内容によっては、全てのスキルを返してもらう必要があるかもしれん」

イデロフの一言で聖王は目を見開く。

しかし言い返す言葉は、何も出てこない。

「私は放任の神のように甘くはない。覚悟《かくご》しておくがいい、聖王よ」

厳格の神はそれだけ言い残して、すうっと透明になった。

聖王の間が静まり返る。

聖王は手を震わせながら、杖で床を再び突いた。

彼の前に、無数の青い玉、そして聖王の望みである赤い玉が光を放ちながら浮かぶ。

「私のものだ……全て、私の力なのだ……」

パルムの最高権力者であるその男は、熱に浮かされたようにそう呟いた。

◆◆◆

山のように堆《うずたか》く積まれたゴミ。

俺――イスム地区の教会で教会主を務める神官のアルフ・ギーベラートは、翼の生えたグロテスクな見た目の魔物の群れがそのゴミを漁《あさ》っているのを遠くに見つけた。

森から俺たちがいるイスム地区へとやってきた者たちだ。

食べられるものを見つけて満足げにそれを漁っていた群れだが、その中の一匹がピーッと音を立てると、彼らは一斉に飛び立った。

せっかく見つけたごちそうに名残惜《なごりお》しそうにしている者も、仲間に急《せ》き立《た》てられて去っていく。

直後、灰色の毛を持つ美しい獣たちがその場に駆けつけ、緑の瞳で射すくめるように上空を見上げた。

睨まれた魔物の群れは、悔《くや》しそうに森へと帰っていった。

「追いかける？」

俺は狼のような神獣――イテカ・ラの背から降りて尋ねた。

イテカ・ラが首を横に振る。

――いや。以前は確かに狩っていた魔物だ。だが最近は。

「食べてない？」

――ああ。特に我らの中でも、小さな者たちは手を出さなくなったな。

「どうして？」

――教会で美味なものばかり食べさせてもらったから、すっかり舌が肥《こ》えてしまった。以前とは比べ物にならないほどに、食い意地も張っている。

イテカ・ラが、やれやれと困った様子で言った。

俺はイテカラの言葉に笑った。

「どうしたの、アルフ」

金髪の女性リアヌンが、こちらに近付き、尋ねる。

彼女は、今でこそ実体を持っているが、その正体は女神だ。

この地区の教会に俺が左遷《させん》された時に出会って以来、俺に教会の立て直しを頼む代わりに力を貸してくれている。

リアヌンが乗っていた、イテカ・ラの次に大きな神獣のルイノ・アが、その後ろからついてきた。

俺がイテカ・ラから聞いた話をリアヌンにそのまま伝えると、彼女もころころと笑った。

「畑でとれる実、美味しいもんね」

リアヌンがそう言いながらルイノ・アの頭を撫《な》でる。

ルイノ・アが気持ちよさそうに目を細めた。

森の方に残る魔物の気配をかすかに感じて遠くを見ると、先ほどの魔物たちが木の上で飛び回っているのが目に入った。

俺たちがここから去るのを待っているのかもしれない。

悪いけど、ここを君たちの餌場《えさば》にするわけにはいかないから。

森が魔物の住処《すみか》であるように、このイスム地区には人が住んでいる。

ゴミに味をしめた魔物が森の外に頻繁《ひんぱん》に出て来るようになれば、いずれ人間を襲いかねない。

イスム地区を任された神官として、それは見過ごせなかった。

――アルフ。私たちが周囲の警戒を引き受けよう。その間にゴミを燃やしてくれ。

「ありがとう、イテカ・ラ」

イテカ・ラは、ルイノ・アを俺たちのもとに残し、他の仲間を引き連れて、周りに散っていった。

『保管庫から取り出す』

収納スキルの合言葉を唱えて、何もない空間から『聖《せい》なるタペストリー』と呼ばれるアイテムを取り出した。

聖なるタペストリー。

神力を消費して以前手に入れた『聖具《せいぐ》』と呼ばれる神聖なアイテムだ。

タペストリーに描かれているのは、イスム地区の地図だ。

黒いもやがかかっている部分は、人々の幸福度が低いことを表している。

しかし以前に比べて、その黒いもやは格段に小さくなっている。

『神狼《しんろう》の主《あるじ》』として、イテカ・ラたちの長《おさ》に認められてからというもの、俺は彼らに協力を仰《あお》いで、このイスム地区のゴミ山をしらみつぶしに回って燃やしていた。

神獣たちの脚力は、人間の足とは比べ物にならないほど凄《すさ》まじく、行動範囲は格段に広がった。

聖なるタペストリーに目を落とすと、自分たちが訪れている場所の周辺に黒いもやは見当たらなかった。

タペストリーを見る限り、このゴミを頼りにして貧しい暮らしを送っている人はこの辺りにいないようだ。

タペストリーを『保管庫』に収納してから、目の前のゴミに向けてスキルを発動する。

『聖火《せいか》を灯《とも》す』

俺が念じると、聖なる火が現れる。

それは、俺がイメージした通りにゴミを燃やし始めた。

火が勢いを増して、わずかな時間で辺りを灰に変えていく。

俺はリアヌンとルイノ・アとその光景を黙って眺めた。

何度見ても、この火は不思議なものだ。

一見するとかなり大変な火事が起こっているように思えるが、実際は俺が望んだものだけを燃やしてくれるので、被害は出ない。

聖属性を持つからかは分からないが、その火は不思議とこちらの心を穏やかにしてくれた。

役目を終えると、聖火が自然と鎮火《ちんか》していく。

『保管庫におさめる』

俺は燃え残った灰をスキルで回収した。

この灰は聖属性を帯びた聖灰《せいはい》と呼ばれていて、これをまくと、イスム地区の痩《や》せた土壌《どじょう》でさえ、作物を育てるための優れた畑に変わる。

最近は今まで以上に、この聖なる灰が必要なアイテムとなっていた。

「おー、全部、燃えたねー」

隣にいた女神様が楽しげに言った。

「だね。これで今日の目的は達成したし、帰ろうか」

「うん！」

「イテカ・ラ。よろしく」

――ああ。

俺は神獣の背に乗って、自分たちが住む教会を目指した。

教会が近づくと、畑で仕事をしていた人たちがこちらに気が付き、手をとめて顔をあげた。

それから、子供たちや幼い神獣たちが駆け寄ってくる。

俺はそのうち一匹の小さな神獣を抱きかかえた。

「おかえりなさいませ、アルフ様！」

「ただいま戻りました」

イテカ・ラの背から降りてみんなに声をかけながら、俺は畑を見回す。

最初は、教会裏にあった雑木林《ぞうきばやし》を潰《つぶ》して、そこの土壌を有効活用できればと始めた畑だったけれど、今では大規模なものになっている。

これも教会にいるみんなが一生懸命開拓《かいたく》したり、種をまいたりしてくれるおかげだ。

収穫量も、教会に来てくれる二、三十人の人たちの食料になればと思う程度だったが、みんなで食べきれないほどの量が手に入るようになっていた。

一教会の畑が、今や村の畑のようだ。

「アルフ様、聖なる灰をもらってもよいですか？」

「もちろんです」

俺は大人たちに言われて、畑の端へ移動した。

向かった先には、厳《いか》めしいガーゴイルの聖像が置かれている。

夜が来た時に、畑の作物を魔物に荒らされないように立てた魔物除《まものよ》けの力を持つ聖像だ。

俺は、そこで今日回収してきた聖なる灰を、収納スキルからその場に出した。

それから、新たに開墾《かいこん》してもらった部分に聖なる灰をまいていく。

「大丈夫ですか、疲れてないですか」

「もちろんです」

「アルフ様に言われた通り、適度に休みながら働いていますよ」

数人の大人たちがタオルで汗を拭《ぬぐ》いながら、俺の質問に笑って答える。

この人たちは、この教会で新しくできるようになった『天職賦与《てんしょくふよ》』によって、『誠実《せいじつ》な働《はたら》き手《て》』

という天職が与えられている。

天職賦与とは、それぞれの人の性質に合わせて、特別な天職を授けることができるという儀式《ぎしき》だ。

『誠実な働き手』になると、『本人が望む労働についた時の疲労が軽減される』という力が身に付く。

おかげで畑作業はどんどん進んでいくのだが、一方で疲労を感じづらくなっているようなので、彼らには多めに休みを取るように伝えていたのだった。

彼らのおかげで作物は大量に得られており、最初に教会で見た時のような痩せ細った状態の人は一人もいなくなっていた。喜ばしいことだ。

しばらく畑の手伝いをしていると、教会の中から何人かの大人たちと、比較的年齢が高い子供たちが出て来た。

「アルフお兄ちゃん！」

「お帰りなさい、アルフ兄ちゃん」

「ただいま、ミケイオ、マリニア」

俺はいち早く駆け寄ってきた兄妹に笑顔を返す。

二人は、俺がこの教会の担当になってから最初に出会ったイスム地区の子供たちだ。

「授業は終わった？」

「うん、今日もいっぱい教えてもらったよ！」

マリニアが明るい声で言い、練習中の文字が並ぶ紙を見せながら、今日習ったことを話してくれた。

「おぉ、帰ってきたんだね、アルフ」

その後ろから、緑色のローブに身を包んだツィペット先生が、いつもの楽しげな表情で俺に声をかけてくる。

ツィペット先生は、もともと俺が神学校の生徒だった時に勉強や魔法を教えてくれた恩師だ。

偶然パルムで出会った後、ツィペット先生がこの教会での暮らしに興味を持ってくれて、今では一緒に生活している。

そこで、俺が教会の子供たちに授業してほしいと相談したところ、快諾《かいだく》してくれたのだった。

それ以来、ツィペット先生はすっかり子供たちの先生になっている。

「ただいま戻りました。先生」

「うん。今日も元気そうで何よりだ」

ツィペット先生は俺の背中をぽんと叩いた。

「午後の授業は、全員終わったんですか？」

「ああ。この子たちで今日はおしまいだね」

「そうですか。今日もありがとうございました」

「いやいや。私にできることはこれくらいだからね」

先生は茶目《ちゃめ》っ気《け》たっぷりにウィンクを寄こした。

俺はみんなと談笑しながら、教会の中へと戻った。

それからみんなと別れて厨房《ちゅうぼう》をのぞきに行くと、髪を後ろにしばった、がたいの良い料理人の背中が見えた。

周りにいる人たちにテキパキと指示を出して、大量の料理の準備を進めている。

「おう。お帰り、アルフ」

俺に気が付いた料理人のダテナさんが、振り向いて声をかけてくる。

ダテナさんに続いて、彼の周りにいた人たちも俺に挨拶してくれた。

「ただいま帰りました」

俺は活気に満ちた厨房のみんなに返事をした。

ダテナさんと一緒に料理している人はもともとイスム地区の住民で、教会に来て最初の頃は畑の手伝いをしていた。

次第に、ダテナさんの作る料理に興味を持って、料理の手伝いに回るようになっていたのだった。

この人たちに限らず、人が増えるにつれて、それぞれの役割が自然とわかれていった。

もともとは都市パルムから締め出され、イスムのゴミ山から食べられるものを集めることで、飢《う》えをしのいでいた人々。

だが、この教会での生活を通じて、彼らは衣食住だけでなく、自分たちが周りの役に立てること、やりがいを見出せる仕事が得られたことに、大きな喜びを感じているようだった。

「晩飯の準備はもうできるぞ。畑の方が一段落したら、みんなに声をかけてくれ」

ダテナさんがそう教えてくれた。

「分かりました。じゃあ、順番にお風呂に入ってもらうよう伝えますね」

「ああ。よろしく頼む」


厨房を出た俺は、畑仕事で泥まみれになった人たちに、教会の大浴場を利用するよう声をかける。

この教会にある大浴場は、聖具のタペストリーを得た時と同じ『教会《きょうかい》の拡張《かくちょう》』によって設置されたものだ。

教会の拡張を行うと、この教会で溜めた神力と引き換えに、部屋や設備を増やすことが可能になる。

これによって日に日に拡張していった結果、今やお風呂場は大きな街の公衆浴場に匹敵《ひってき》するほど広く、高級宿の個人風呂に負けないほど豪華なつくりになっていた。

正直なところ、教会っぽくは全くないため、ここまで変えるのには悩んだが……

女神様直々に「豪華な方がいいでしょ！」とおっしゃったので、そういうことならと自分を納得させている。

大勢の大人と一緒に入っても、全く狭さを感じることはない。

大浴場の内部には、至るところに聖具が設置されていた。

それらの聖具——獅子《しし》やドラゴンの顔を持つ聖像からは、神力を消費することにより、温かい聖水を得ることができる。

大きな湯船もまた、獅子の口からはきだされる温かな聖水によって溢《あふ》れ続けていた。

俺は体の汚れを落とし、その湯船に浸《つ》かる。

「ふぅ……」

ほどよい温かさの聖水に全身が包まれた。

教会の生活の中でも、最も癒《いや》される時間の一つだ。

心行くまで湯の中でぼんやりと過ごして、しっかりと温まった後、俺は湯船からあがった。

大浴場から出ると、天職『清《きよ》める者《もの》』を授かった人たちが、彼らの持つスキルで服の汚れを落としているのが見えた。

『清める者』に与えられた固有スキルは浄化《じょうか》スキルで、一瞬にして汚れを綺麗《きれい》にできる。

教会のみんなで初めて天職を授かった時は、『清める者』のスキルを持った人たちはわずか四人だけだった。

子供たちの面倒をよく見てくれて、みんなのお母さん的な存在となっているエデトさんとレイヌさん。それから、くりくりした赤毛で、物腰柔らかな性格のタルカ、トルカ兄弟だ。

でも、今は二十人近い人たちが、『清める者』の天職を授かっている。

人数も増えたことで、浄化スキルで生活に必要なあらゆるものを綺麗にしてくれていた。

『清める者』の天職を新たに授かった人の中には、この教会に最近来てくれた人もいた。

それから、『無垢《むく》な遊戯者《ゆうぎしゃ》』という特定のスキルを持たない天職だった子供たちの中で、綺麗好きな性格が表れた子がなることもあった。

楽しげな様子で服の汚れを浄化する彼らに礼を言って、俺は教会の外に出る。

『リアヌの聖院』から出た俺は、その足で少し離れた場所にある、もう一つの教会に向かった。

この別棟もまた、溜まった神力と引き換えに教会の拡張で得たものだった。

建物を丸ごと授かったことで、聖具をもらったり、部屋を大きくしたりする時よりもかなり多くの神力を消費したが、全く後悔はしていない。

この別棟は、ある人々にとって絶対に必要なものだったからだ。

俺たちが生活している本棟と同じ機能と部屋を備えている別棟。

正面扉を開けると、そこにはリアヌの女神像を正面にすえた、祈りの広間が広がっている。

「お疲れ様です、神官様」

中に入ると、そこで祈りを捧げていた人たちが挨拶してくれた。

彼らの額《ひたい》には、みんな、角が生えている。

新たに生活をともにするようになった人々――鬼人族《きじんぞく》の人たちだ。

「こんばんは。晩御飯の準備ができたみたいなので、よろしかったら一緒に食べませんか？」

彼らにとっては、夜となるこの時間帯からが活動時間になる。

「ありがとうございます、ぜひいただきます」

鬼人族の女性はそう言って、建物の中で暮らす他の人たちを呼びにいってくれた。

この鬼人族はもともとはイスムの外れで生活していたけれど、俺がゴミ山を燃やす際に保護した人たちだ。

一度は、鬼人族の習性――感情が高ぶると、一時的に正気を失って暴走してしまう現象で迷惑をかけるからという理由で保護を断られたこともあった。

これは、子供や若者など、まだ精神が成熟《せいじゅく》していない人たちに起こる現象だそうだ。

だが、それなら別に住むところを用意すればいいのではと考えて、別棟を建てたのだった。

それだけではまだ危険が残る可能性があるので、さらに別の対策を講じている。

天職賦与で手に入れた『教会の守り人』という天職には、『聖蜂《せいほう》』と呼ばれる小さな光の粒を出現させる固有スキルがある。

これが、鬼人族の人たちが抱えている問題にとても役に立つものだった。

聖蜂には、「対象を傷つけることなく行動不能にする」という特殊な力が備わっている。

つまり、暴走してしまった者を、傷つけることなく無力化できるわけだ。

俺たちが住む教会の中にもこの天職を持つ者はいるし、鬼人族の人たちにも『教会の守り人』の適性を持つ人がいるのが分かった。

仲間の中に制御役ができたことに、鬼人族の人たちはとても喜んでくれた。

そういうわけで、彼らの生活を守ることができたのだった。

共同生活を始めてから、鬼人族の人たちはことあるごとに俺に感謝の意を示してくれる。

だが俺の方でも、彼らに感謝したいことは山のようにあった。

一緒に住んでくれるようになったおかげで神力はますます増えているし、収穫する野菜や果物の量もほとんど倍になった。

しかも『誠実な働き手』の天職を授かった者たちは、彼らの活動時間である夜にとんでもない仕事量をこなしているのだ。

「体が丈夫なことだけが取り柄《とりえ》ですから」

収穫物を持ってきた時に、鬼人族の男が謙遜《けんそん》しながら言ってくれたのを思い出す。

むしろそのおかげで助かっている部分は大きいし、とても感謝したいんだけど、彼らは特に気にしていないようだ。

彼らの生活がもっとよくなるよう、神力やスキル、教会の拡張をこれからもどんどん使っていきたいなぁ……

そんなことを考えていると、教会の中にいた鬼人族のみんなを引き連れて、女性が戻ってきた。

俺は彼らと一緒に別棟を後にした。

二つの教会の前で、晩餐《ばんさん》が始まった。

鬼人族のみんなが来てから、両方の種族が集まって、屋外で夕食をとるのが通例になっていた。

鬼人族の人たちにとっては、目覚めてから最初の食事になるわけだが。

暗くなり始めた空に、綺麗な星々が輝き始める。

食卓に並んでいたのは、畑で採れた作物をふんだんに使った料理だ。

畑で育てられているのは『気まぐれな種』。

これもスキルによって得ているものの一つだ。

名前の通り、できる作物は「気まぐれ」で、たった一日で野菜やフルーツから、肉の食感に似た実まで、実に幅広い種類のものが実る。

鬼人族の人たちがこちらに来てから、もともとこの教会で育てていた以外の作物も増えていて、並べられた料理は多種多様だった。

星空のもと、聖火を囲んでみんなで食事を楽しむ。

鬼人族の人たちも合わせて、全員が一堂に会すると、人数は優に百人を超えた。

祈りの場と生活するための設備を兼ね揃えた二つの建物と広大な畑。

教会で暮らす彼らの熱心な活動、そして喜びの感情で、尽きるどころか増え続ける神力。

みんなのおかげで、この教会での暮らしは楽しく、とても快適だ。

人と、神獣と、鬼人たちと。

「んー、美味しいー！」

そして、いつも楽しげな女神様と。

毎晩が宴《うたげ》のようで、これからもこんな日々が続くように頑張ろうと思うのだった。

◆　◆　◆

「お呼びでしょうか、聖王様」

古びた黒いローブに身を包む坊主頭《ぼうずあたま》の男が言った。

「予見者のコージドホツだな」

「さようにございます」

坊主頭の予見者が、薄《うっす》らと笑みを浮かべた。

「パルムの神とは別の神を信奉《しんぽう》していて、先のことを読める力を持つと聞いた。それは本当か」

聖王は尋ねた。

「ええ、間違いございません。私は故郷のホツ村で崇《あが》められている神から、特別なスキルを授かりました」

「ほう」

聖王が顎《あご》を撫《な》でる。

「その力は、本物なのだな？」

「どういう意味でございましょう？」

冷たい声で、聖王は言い放つ。

「偽りを申していないかということだ」

「……決して」

そう答えた予見者の声は小さく、震えていた。

「よかろう。では力を見せてもらおう」

「……何を、占えばよろしいでしょうか」

「その前に」

そこまで言って、聖王が玉座に腰かけたまま杖を振った。

杖から赤い光が飛び出す。

「なっ……！」

コージドホツが反射的にのけぞるが、飛び出した光は蛇《へび》のような形で予見者の前に止まった。

「誓《ちか》ってもらおう。今からする話は、私の許可なく他人には明かさないと」

「ち、誓います」

コージドホツが頷《うなず》くと、赤い光が素早く彼の首に巻き付いて消える。

「これでいい」

聖王は頷き、目を丸くする予見者に言った。

「安心しろ、害を及ぼすスキルではない。そなたがこれから聞く話を、他に話させぬようにするスキルだ。話そうとすれば、自然と口が動かなくなる。能力に嘘《うそ》がないことは、聖王の名に誓おう」

「かしこまりました」

予見者は、蛇の光が巻きついた自分の首を無意識のうちに撫でた。

「本題に入ろう。ついてこい」

「はっ」

聖王は玉座から立ち上がり、部屋の奥の壁へと移動した。

玉座を挟むようにして、左右に三つずつ、合計六つの聖者の像が立ち並んでいる。

「そなたは異国の村の出であると言ったな」

「ええ」

「では、この六つの像が何か知っているか」

予見者は、聖王の顔色を窺った。

その様子を見た聖王が、口元を緩めた。

「正直に答えてよいぞ」

「申し訳ございません。不勉強なもので。分かりかねます……」

「この街を、邪悪な魔人から救った聖者たちだよ。神に助けを乞《こ》い、神から授かった力を使ってな。それ以降、神々を称《たた》えるための教会が建てられるようになった。この街が教会都市の道を歩み始めたのは、それがきっかけだ」

「さようでございましたか」

聖王は、左手の二つの像の前を通過して部屋の左隅に置かれた像の前に来た。

長いひげを蓄《たくわ》え、険《けわ》しい表情をした聖者の像だ。

「賢人《けんじん》カラマテスだ。千の魔法を操り、パルムで初めてスキルを授かった人物とされている」

「ええ」

「まぁ、この男の話は本題には関係ない」

そう言い捨てて、聖王が杖を振る。

直後、巨大なカラマテスの像が、音を立てて左へと動いた。

「――っ！」

コージドホツは、驚きで言葉を失った。

像があった空間の後ろに、小さな部屋が広がっている。

聖者の像は、隠し扉の役割を果たしていた。

「ついてこい」

聖王の後に続いて、予見者が小部屋に入る。

部屋の正面には大きな絵が飾られていたが、コージドホツの目を引いたのはその真下にある階段だった。

階段は二つあり、地下へと続いていた。

小部屋は、この二つの階段のためだけに用意されているのかもしれない。

地下へと続く階段に目を向けるなり、予見者の体に鳥肌が立つ。

禍々《まがまが》しい雰囲気《ふんいき》が地下から流れ込んでくる。

たとえるなら――魔物が跋扈《ばっこ》する、森の中にいるかのような。

「地下迷宮……というものが何か、知っているか」

予見者は聖王の言葉にはっとした。

「おぼろげながら」

聖王に目で促され、予見者は自分が知っている限りのことを述べる。

「古代の遺跡などに隠された、奇妙な地下空間であると。そこは、地上の森のように魔力が満ちた空間でありながら、地上では決して見られることのない奇妙な現象が多々起こり……」

「それから？」

「多くの場合、貴重なアイテムや宝が隠されていると」

「その通り」

聖王は、小部屋にある二つの地下階段を示した。

「それぞれの石段が、迷宮に続いている」

それから聖王が、部屋の正面の壁に飾られた大きな絵画を指さした。

「あれを見よ」

予見者は言われるがまま、絵画を見る。

左側には白いローブをまとった六人の男たちが、右側には黒いドラゴンに乗った恐ろしい悪魔のようなものが描かれていた。

「六人の聖者が、怪物と戦っている様子を描いたものだ。聖者とは、無論先ほど教えた、六つの像の者たち。そして右側に描かれているのが、この街を――ひいてはこの世界を手にいれようとした恐ろしい魔人と、そいつに服従する古代の化け物の姿だよ」

「……」

予見者は、この都市のことを饒舌《じょうぜつ》に話す聖王をいぶかしげな目で見た。

余所者《よそもの》の自分にどうしてここまで語るのか、と。

だが、すぐに予見者はその理由を察した。

信頼されているわけではない。

ただ最初に受けた口止めのスキルによって、自分がここで知ったことは口外できないようになっているからだろう。

予見者が思考を巡《めぐ》らしている間に、聖王は再び階段に視線を落としていた。

「さて。この迷宮の最深部には、ある物が隠されている」

「ある物、でございますか」

「ああ。ある物、だ」

スキルで口封じをしているにもかかわらず、聖王は言葉を濁《にご》していた。

「私は早急に、その物を手に入れたいのだ。だが、私自身がここを動くわけにもいかぬ。そこで、そなたに占ってもらいたい」

聖王はコージドホツをじっと見る。

強い圧を感じた予見者の肩がぴくりと揺れた。

「何をでしょう？」

「都市パルムの中で、誰を送り込めばこの迷宮を制覇《せいは》できる？　最深部に隠されたある物を手に入れるために、誰にここを探索させればよい？」

聖王が、皺《しわ》だらけの手を予見者の肩に置いた。

「そなたには、その人物を占ってもらいたい」

聖王の目には、異様な光が宿っていた。

コージドホツには、自分の肩にのせられた手がこれ以上ないくらい重く感じた。

◆　◆　◆

俺──アルフは『教会主の間《きょうかいしゅのま》』のベッドで目を覚ました。

いつもより早起きな気がしたが、眠気はすっかりとれていた。

ベッドを出ると、俺は部屋にある女神像に手を翳《かざ》して、溜まっている神力の量やスキルを確認してから、いくつかの『聖具』を授かった。

まだ誰もいない祈りの広間を通って、教会の外へ出る。

それから畑のある裏手へ回ると、鬼人族の人たちが別棟の教会の周りにいるのが見えた。

俺が手を振ると、大人たちは頭を下げ、子供たちは手を振り返してくれた。

俺は広げられている畑の端で、教会の拡張で授かったばかりのガーゴイル像を取り出す。

「よし」

畑を大きくしていくと、やはり心配なのは魔物が寄ってくることだ。

たくさんの美味《おい》しい実があるから、いつ狙われてもおかしくない。

そんな魔物の脅威から小さな子供たちを守ると考えるなら、どれだけ対策をとってもとりすぎるということはないだろう。

このまま続けていくと、いずれ教会の周りがガーゴイル像だらけになってしまう気もしないではないが……

今はまだ六体目だし、魔物除けのためには多く感じるくらいがちょうどいい。

そんなことを考えながら設置していると——

「わぁ……」

後ろから声がした。振り向くと、そこには鬼人族の子たちの姿があった。

「おはよう」

「おはようございます、神官様」

子供たちの視線は、新しく現れたガーゴイル像に注がれている。

角が生えているからといって、そのあどけなさは教会にいる子供たちと何も変わらない。

俺は、その中にいた小さな実をかじっている鬼人族の子に声をかける。

「美味しい？」

その子は恥ずかしそうに笑いながら頷いた。

年上の子が、房になっている実の一つを俺に手渡す。

「神官様もどうぞ」

「ありがとう」

実の色は、艶《つや》のある桃色だ。

それを受け取って口に含むと、あとに引かない爽《さわ》やかな酸味《さんみ》と甘みが広がった。

葡萄《ぶどう》に近い、とてもすっきりした実だ。

「美味しいね」

俺の言葉を聞いて、鬼人族の子は嬉《うれ》しそうにこくりと頷いた。

本棟の教会の前に戻ると、何か鳥のようなものが空中を飛んでいることに気が付いた。

その物体から魔力を感じて、俺は警戒する。

よく目を凝《こ》らしたら、その正体は目的の場所へと飛んでいくための魔法がかけられた、魔法手紙《まほうてがみ》と呼ばれるアイテムだった。

俺が近づくと、ふわふわと宙に浮いたまま、手紙がこちらに寄ってきた。

俺が受け取ると、手が触れたところから「ジュッ」と燃えるような音がして、細かい金の粉が手紙から吹き出した。

「おお……」

宙に舞う粉を見て、俺は思わず目を細める。

配達された手紙がきちんと目的の人物に渡ったことが確かめられる魔法だ。

全ての魔法手紙にかけられるものではなく、これを使えるのはかなり立場が上の者だけだ。

そんなご大層な魔法までかけて、どこの誰が送ってきたのだろう。

その封筒は真っ青だった。

裏を見ると、送り主の名前が書かれている。

「聖王だ……」

教会都市パルムにおいて、最も大きな権力を持つ人物で、教会組織のトップ。

そんな人が、都市パルムから外れたイスム地区に左遷され、他の神官たちからも無視されるような立場の俺に、一体何の用だろう。

心臓がどくどくと音を立てるのを感じながら、俺はその手紙の封を切ったのだった。


暗かった空が、次第に明るくなって朝を迎えた。

鬼人族の人たちは眠りにつき、代わりに本棟の人たちが目を覚まして、広間で祈りを始める。

それから、賑やかな朝食の時間になった。

朝食が終わった後、俺はいつもと同じようにイテカ・ラのところへ向かった。

以前は食料となる魔物の狩りを行っていた神獣たちも、畑でとれるもので十分に食事が賄《まかな》えるようになったのもあって、狩りに出ることはほとんどなくなった。

その代わりに、昼間は俺の手伝いをしてくれている。

――アルフ。今日はどこへ向かう？

いつもなら聖なるタペストリーを確認しながら、イスム地区のどこを回るか決めるところだ。

だが今日は他に用事があった。

「パルムに用があるんだ。送ってもらっていいかな」

――分かった。

イテカ・ラの背に乗って、俺は都市パルムへ向かう。

イテカ・ラでの移動はほとんど時間がかからず、あっという間にパルムの壁の外にやってきた。

「ありがとう。それじゃあ、また後でよろしくね」

――ああ。

イテカ・ラの背から降りながらお礼を伝えて、俺は彼らと別れた。

正面門から街の中へ入ると、まっすぐ目的の場所を目指した。

用事があったのは、この街の中心に存在する最も大きな教会――大聖堂。

目の前まで来ると、都市パルムの象徴である教会の大きさに圧倒される。

ここを訪れるのは、神学校を卒業して最初のスキルを授かった時以来だ。

大勢の人が出入りしている正面扉から、俺は大聖堂の中に入った。

荘厳《そうごん》な大広間では、人々が次々と巨大な神の像の前で祈りを捧げている。

中には、遠くの村や街から来たであろう、貴族や旅人のような人たちの姿もあった。

俺は大広間に立っていた一人の神官に、自分が受け取った青色の手紙を見せた。

まだ教会内では比較的若そうな神官は、手紙を見るなりこくりと頷き、大聖堂の奥へと案内してくれた。

大広間にあった扉の一つから出て、長い廊下《ろうか》を歩く。

立ち並ぶ部屋の扉はどれも同じ見た目で、目印が何もないため、何の部屋なのかぱっと見で分からなかった。

俺の先を歩いていた神官が、そのうちの一つの前で立ち止まってノックする。

中から返事は聞こえなかった。

扉を開けると、誰もおらず、ただソファがいくつか置いてあるだけのこぢんまりとした部屋だった。

談話室、だろうか。

「ここでお待ちください」

神官にそう言われて、俺はソファの一つに腰を下ろした。

それからしばらく待っていると、部屋の扉がノックされた。

先ほどの神官が、年配の神官を連れて戻ってきていた。

新しく来た神官がこちらに手を差し出す。

「手紙を」

俺は聖王から送られてきた魔法手紙を取り出して渡した。

年配の神官はその手紙をじっと見た後、目をつぶって何やらぶつぶつと呟いた。

彼の持つ手紙がじんわりと光り出す。

「もう行っていい」

年配の神官は目を開き、さっきまで俺を案内してくれた神官を下がらせた。

そして彼は俺に手紙を返す。

「ついてきなさい」

そう言って、談話室のような部屋を出ると、長い廊下をすたすたと歩き始めた。

正確にはどのような力か分からないが、おそらくスキルを使って、手紙が本物かどうかを確かめたのだろう。

俺がリアヌンから授かったスキルのうちの一つに、物の記憶を見る力があるが、それに近いものだろうか、と思った。

老神官が、同じ見た目にしか見えないいくつもの扉の中の一つの前で立ち止まった。

そして懐《ふところ》から鍵の束を取り出して、その鍵の一つ——持ち手の部分がドラゴンになっている黒い鍵を迷わず選ぶと、扉の鍵穴に差し込んだ。

老神官が鍵を回した後、カチリ、とはっきりした解錠の音が聞こえた。

扉を開ける前に、老神官がこちらを振り返る。

なんだろう、と思ったが、老神官が見たのは俺ではなく、周りの廊下だった。

近くに人が歩いていないことを確認したようだ。

扉を開けると、そこには上に続く螺旋階段《らせんかいだん》があった。

老神官に続いて、俺は扉の内側に入る。

無言で扉の鍵を内側から閉めた後、彼は螺旋階段を黙って上り始めた。

俺も彼の後に続いて、階段を上っていくと――二階まで来たあたりだろうか――扉が現れた。

だが老神官は足を止めることなく、そのまま上り続ける。

次に現れた扉の前で、老神官が立ち止まった。

先ほどと同じ鍵でその扉を開ける。

俺がその扉を抜けると、彼は俺の後ろで扉の鍵を閉めた。

老神官が再び廊下の先へ向かって歩き出すのを俺は追いかけた。

突き当たりの扉の前で動きを止めた老神官の横で、俺はその扉に視線を向けた。

扉には錠がついておらず、代わりに扉に描かれた獅子の絵の口辺りに穴が開いていた。

彼はその中に手を入れて、しばらく待ってから引き抜いた。

扉がひとりでに開き、その先にまたしても同じような錠のない扉。

目的の人物に会うために、ここまで厳重な流れをたどらなければいけないのかと少し辟易《へきえき》しつつ、俺は老神官の動きを黙って見る。

だが、今度は老神官は何もせず、ただその扉の前に立っていた。

扉の上で何かが動いた気配があり、視線をそちらに向けたら、そこには鳥に似た装飾があった。

明らかにこちらに顔を向けている。

この装飾が部屋に入ろうとしている者を確認しているのだろう。

やがて扉が開くと、先に広がっていたのは大きな部屋だった。


六人の聖者の像が並んだ広々とした空間。

その中央の玉座に、豪奢《ごうしゃ》な衣装に身を包んだ老人が座っていた。

パルムの最高権力者であり、神から力を授けられた人物――聖王だ。

その隣には、黒いローブを着た人物が控えていた。

坊主頭で、表情が希薄な男だった。

パルムでなかなか見ない風貌《ふうぼう》からして、なんとなく異国の人かもしれないと感じる。

神官ではなさそうだが、どこか魔法に詳しそうな雰囲気がある。

「失礼いたします」

老神官が声を張り上げてから、部屋の中央で跪《ひざまず》いた。

「イスム地区担当の神官、アルフ・ギーベラートをお連れしました」

「ああ」

聖王が椅子に腰かけたまま口を開いた。

「よくぞ、参った。アルフ・ギーベラートよ」

聖王には、さして声を張り上げている様子は見られなかったが、その言葉は部屋中に響いた。

何らかのスキルを用いているらしかった。

「はっ」

俺は老神官と同じように跪いた。

「そなたを呼んだのは他でもない。折り入って頼みたいことがあるのだ」

「なんでしょうか」

聖王が直々に呼び出してまで頼みたいこととはなんだろう。

イスム地区に関わる話だろうか。

「本題に入る前に誓ってもらおう。今からする話は他言厳禁だ。私の許可なく誰かに話すことは決して許されない」

厳かな口調でそう言った後、聖王が杖を振る。

その杖から、赤く細長い光が飛び出してきた。

それは俺の目の前で止まると、蛇のように蠢《うごめ》く。

「これは他者に秘密を漏らさぬよう口止めするスキルだ。そなたが誓った瞬間に、私が許可した以上の情報をそなたは外部に漏らすことができなくなる。誓えるなら、口に出してその意思を宣言せよ」

どうやら、俺が過去にクレック神官に使った『誓《ちか》いの札《ふだ》』と似た効果を持っているスキルらしい。

どんな話を聞かされるか分からないとはいえ、断れる状況ではなかった。

「かしこまりました」

俺は一拍置いてから、聖王に向けて誓いを述べた。

「誓います。今からお聞きする話は誰にも打ち明けないと」

赤い蛇が、こちらに飛びかかってきた。

そして、俺の首にまきついたかと思うとそのまま消えていった。

聖王は、都市パルムの神から授けられる全てのスキルを司り、神官たちをはじめとした特権階級の者たちに分配する権利を持っている。

そんな立場の者なら、重要なスキルをたくさん所持していてもおかしくはない。

「よろしい。それでは本題に入ろう。そなたは地下迷宮というものについて、何か知っていることはあるか」

予想外の言葉に、俺は面食らった。

「地下迷宮ですか」

「ああ」

自分が神学校で教えられた記憶をもとに、俺は話し始めた。

「地下迷宮というのは……古代から伝わる、神秘的な場所だと学びました。そこでは、地上の常識とはまるで違うことが起こったり、野生のものとはまるっきり異なる魔物が棲息《せいそく》していたり、貴重なアイテムが隠されていたりするのだと」

「その通り。空間自体が生きているかのような不思議な場所、それが地下迷宮だ。道中には魔物が蔓延《はびこ》り、その奥には到達した者だけが手に入れられる貴重なアイテムが隠されている。まるで、欲深い人間を誘い込み、その人間を試すかのように」

「ええ」

実際に入ったことはないが、世界にいくつかの有名な迷宮があることは知っている。

大抵は古代遺跡が入口となっており、許可なく立ち入ることはできない。

「ところで、この大聖堂に迷宮があるという話を聞いたことはあるか」

俺は戸惑い、眉をひそめた。

「あくまで噂《うわさ》としてですが……耳にしたことはあります」

都市パルムの地下にも迷宮が存在し、その入口はこの大聖堂の中にある。

そしてその迷宮は聖王の管理下にあるという噂。

実際に聖王に直接聞く以外で確かめる術《すべ》がないので、架空《かくう》の話とされていて取り合う人があまりいないのだが……

「そなたに頼みたいのは、その迷宮の調査だ」

「えっ……！」

耳を疑い、思わず驚きの声を上げる。

「この大聖堂に、本当に迷宮が隠されているのですか」

「ああ」

あの噂話は本当だったというわけか。いやしかし、そもそもなぜ俺が。

それに何の目的で迷宮へ……？

「失礼ながら、なぜ調査が必要なのでしょう？」

「迷宮の最下層――第四層に、とある物があってな。それを入手してきてもらいたいのだ」

「私ひとりで、ですか？」

「いや」

聖王は首を横に振ってから、「コージドホッ」と言った。

それまで聖王の隣で黙っていた、黒いローブの人物が俺の前に出る。

坊主頭のその男は、ローブの中から透明な水晶玉のようなものを出した。

「この玉に触れて、目をつぶりなさい」

男がそう言って水晶玉を突き出してくる。

威圧的な声ではない。

むしろ、その声には緊張のようなものが感じられた。

俺に対してというより、この状況……あるいは聖王に対して、だろうか。

言われたとおり、俺がその玉に触れると、頭の中に、よく知る人物の顔が何人か浮かんだ。

同時に、目の前の男がはっきりとした口調で言う。

「鬼の大男、黄色がかった髪の少女、そして、小さな子が二人……」

はっとして目を開けて、水晶玉の中を覗いた。

そこには、俺の頭の中に浮かんだ人物が映っていた。

黒いローブの男が水晶玉を俺の手から離して、恭《うやうや》しく聖王の前に差し出す。

聖王が水晶玉を受け取り、それに目を落とす。

「この者たちは、そなたの知り合いだな？」

俺は答えに迷った。

正直に答えて、彼らに危害が及ぶようなことがあったら……

だが、聖王相手に嘘をつき通せるとは思えない。

俺は、ゆっくりと頷いた。

「……はい」

「この者たちにのみ今日ここでそなたに伝えたことを話す許可を与える。そしてともに、彼らをここへ連れて来るのだ」

「！」

聖王の唐突な命令に、俺は衝撃を受ける。

どうして教会のみんなを呼ばなければならないんだろう。

疑問はあったが、驚きのあまり声が出ない。

聖王は俺の反応も気に留めず、玉座から立ち上がって言い放った。

「アルフ・ギーベラートよ。明日よりそなたはこの者たちとともに、この教会にある地下迷宮に潜る」

「それは……」

そこで喉《のど》がつまって、咳込《せきこ》んでしまう。

咳が落ち着いてから、俺は言葉を続けた。

「……失礼いたしました。迷宮に潜るのは、私一人ではならないのでしょうか」

「この男が持つスキルによって、彼らは選ばれた。コージドホツは、未来を読む力を持っているのだ。そしてその力を宿した『予見《よけん》の玉《たま》』には、先ほどの者たちが映った。すなわち、彼らがいなければ攻略できないという予見だ」

有無を言わさぬ物言いに、俺は言葉を続けることができなかった。

聖王の手に握《にぎ》られた透明の玉が鈍《にぶ》く光る。

「これは聖王命令だ。必ずやこの者たちを連れて、迷宮に潜るのだ。もしこれが守れないのであれば」

聖王が、俺を見下ろして告げた。

「そなたから神官の地位を剥奪《はくだつ》する。同時に、聖王の命に背《そむ》いた者と見なして、反逆罪《はんぎゃくざい》で牢に閉じ込める。そなただけではないぞ……この予見の玉に映った者たちもともにだ」

その言葉を最後に聖王との話は終わり、俺は聖王の間から出た。

来た時と同じく鍵つきの扉を何度も通って大聖堂の入口まで戻る。

大聖堂の外に出た時、それまで張り詰めていた空気がなくなって、ようやく呼吸できるような気がした。

第二話　迷宮と覚悟

午後になり、俺は野菜売りのポーロさんがいる商館を訪れることにした。

ポーロさんは、俺が育った田舎村《いなかむら》から運ばれてくる野菜を、この街で売りさばいているちょび髭《ひげ》のおじさんだ。

教会の畑でとれた野菜をいつも高値で買い取ってくれるので、助かっている。

普段より少し遅い時間だからいないかもしれないと思ったけれど、商館に到着するとすぐに会うことができた。

「おや、アルフぼっちゃん！」

俺が顔を見せると、ポーロさんがいつもの笑顔で迎え入れてくれた。

さっきまでのささくれだった気持ちがほぐれる。

「すみません、遅い時間に。もう今日は売り終わりましたか？」

「もしかして、野菜を持ってきてくださったんですか？」

「ええ……買い取ってもらえそうなら、お願いしようと思って」

「大歓迎ですよ！　早速見せてくださいな」

ポーロさんに促されて、俺は商館の裏に停めてある荷車置き場まで向かう。

「どれくらいいけますかね……？」

相談しながら、畑でとれた作物を買い取ってもらうと、荷台二つ分がいっぱいになった。

「おお！」

ポーロさんはそれを見て、大いに喜んでくれた。

野菜を高値で買い取ってくれたポーロさんに、俺は気になったことを尋ねる。

「あの、最近、いつもこんな感じでたくさん買い取ってもらっていると思うんですけど……本当にいいんでしょうか？」

「ん？　それはどういうことですか？」

「いえ、量が量だから売りさばくのも大変だろうし……無理に買い取ってもらってるんじゃないかなと思いまして」

俺が申し訳ない気持ちで言うと、ポーロさんはキョトンとしたあと、大きく口を開けて笑った。

それから俺の肩をぽんぽんと叩く。

「そんなことを気にされていたんですか、ぼっちゃん。いやいや、それは完全に勘違いですよ。この街では、野菜や果物は飛ぶように売れるんですから」

そのままポーロさんが説明を続ける。

パルムは魔物の蔓延る森に囲まれた場所に位置していて、森の中の資源は利用できず、都市近郊《きんこう》で食料を確保するのも難しい立地だ。

そのため、遠くの街や村からわざわざ運ばせている作物が重宝《ちょうほう》されているとのことだった。

「この街での作物は、本当に貴重で高級品扱いなんですよ。売り切れの心配はあっても、売れ残りの心配は全くありません」

「そうですか」

なんとなくは知っていたことだけれど、毎日野菜を売っているポーロさんからはっきりと言ってもらえたおかげで、ようやく心配が晴れた気がした。

「それに、ぼっちゃんが持ってきてくださる作物はどれも最高級品ですからね。どこへ行っても、みんな喜んで買ってくれていますよ」

「よかったです」

「ええ、ええ。なので、どんな時間でも構わず持ってきてくださいね。仮に、その日はもう売ることがなかったとしても、次の日に回せばいいだけの話ですから」

「ありがとうございます」

俺はポーロさんにお礼を言って、商館を後にした。

懐が温かくなったところで、パルムの店を歩いてみんなのための生活用品や衣類を買い込んだ。

それらを『保管庫』におさめて、街を出る。

『イテカ・ラ』

パルムの門の前に着き、神獣の名を心の中で呼ぶと、森から狼の群れが駆けてきた。

神狼の主として彼らを従えるようになってから、その力の扱い方にもずいぶん慣れてきた。

「待ってもらってごめんね」

――いや。おかげで、こちらもいくらか魔物が狩れた。

そう言って腰を落としたイテカ・ラの背に、俺は飛び乗る。

神獣たちとともに森の中へ入ると、そこにはいくつかの種類の魔物が山になっていた。

「おぉ……」

鶏《にわとり》のような魔物、兎《うさぎ》のような魔物、鹿《しか》のような魔物。

このラインナップはまるで……

――肉の美味いものたちばかりを狩ったのだ。舌が肥えたチビたちも、これなら喜んで食べる。

イテカ・ラが、やれやれという様子で言った。

俺はそんなイテカ・ラの仕草に笑って、『保管庫』スキルでそれらの魔物を収納した。

収入で得た生活用品や衣類、それからイテカ・ラたちが狩った魔物の肉。

大量のお土産《みやげ》を引っ提げて、俺たちはイスムの教会へと戻るのだった。

その日の夜は、いつにも増してご馳走《ちそう》だった。

神獣たちが狩ってきた獲物は、ダテナさん率いる料理人集団の手で、見事に美味しく調理された。

教会にいる人たちが食べる料理と、ちびっこ狼たちが食べるものとで調理方法まで分けてある。

晩御飯の時に集まってくれた鬼人族のみんなには、街で購入した生活用品や衣類を渡した。

鬼人族の人たちが喜んでくれたのを見て、俺は微笑む。

族長のオウゴは、何度もお礼を言ってくれた。

「ありがとう、アルフ。我らにできることは、これからなんでもさせてもらう」

俺はそこで聖王との話を思い出した。

声を潜めてオウゴに話を切り出す。

「オウゴ。ちょっと聞いてほしい話があります」

「なんだ？」

「実は……頼みたいことがあるのです。あとで本棟の教会主の間まで来ていただけませんか？」

オウゴは首を傾《かし》げながらも「分かった」と承諾してくれた。


オウゴは、あの黒いローブの男が持っていた水晶玉に映っていた一人だ。

同じくあの玉に映された他のメンバー——この教会に住むクリーム色の髪の少女・レンナ、それから兄妹のミケイオとマリニアにも声をかけて、みんなには教会主の間に集まってもらった。

「急に呼び出してごめん。みんなに聞いてもらいたい話があるんだ。今から言うことはここにいる人以外には話さないように注意してほしい」

「ああ」

オウゴが頷き、レンナ、ミケイオ、マリニアも首をこくこくさせて頷いた。

「実は今日、聖王から呼び出しを受けて、大聖堂へ行ってきたんだ」

話を切り出した途端《とたん》、オウゴの顔色が曇った。

それもそのはずで、もともとはパルムの特権階級である貴族や神官の身勝手な振る舞いによって、オウゴたち鬼人族や、レンナのようなイスムに住む人々は、これまで苦しい思いをしてきた。

イスムのみんなは、パルムの、特に権力者たちにいい印象を抱いていないのだ。

そのトップともなると、オウゴたちからすれば諸悪の根源といっても差し支えない人物だ。

「明日からの二日間、大聖堂の中にある迷宮に潜るように命じられた」

「迷宮って何？」

そこで、マリニアが声を上げた。

レンナも首を傾げている。

俺はみんなに向けて、迷宮のことを簡単に説明した。

聖王に答えた時と同じ内容をそのまま伝え、森のように危険な場所だと説明する。

森がどんな場所かを理解しているみんなが、顔を強張《こわば》らせた。

レンナたちの反応を見て、説明をやめたくなる。

教会のみんなを巻き込みたくなかった。

だが、最後まで説明しなければならない。

気が重くなるのを感じながら、俺は言葉を続けた。

「迷宮に潜るにあたって、ここにいるみんなを連れてくるように言われたんだ」

聖王と一緒にいた男が予見の玉で示したのが、みんなであったことを最後に補足した。

俺がひと通り話し終えた後、レンナは不思議そうに首を傾げた。

「どうして私たちなんだろう……」

「選ばれた理由までは……ごめん、俺も分からないんだ」

「危険な場所に行くための仲間だったら、もっと強い人たちの方がいいはずだよね。オウゴさんが選ばれたのはともかく、私やこの子たちより、ツィペット先生とか……」

「うーん……ただ、あの場で予見者が持つ水晶玉に選ばれて映し出されたからには、きっと何か意味があるはずなんだ。他のみんなにはない何かが」

レンナの言う通り、オウゴは鬼人族の長で屈強《くっきょう》な体を持っている。

それに彼女にも、天職『教会の守り人』を授かったことで、魔物を無力化できる、便利なスキルがある。

でも、子供であるミケイオとマリニアは……

気になる点が多々あるとはいえ、聖王のあの様子を見る限りでは、他の人に代わってもらうことは不可能だろう。

俺は四人とそれぞれ目を合わせながら言う。

「みんなの意見を聞かせてほしい」

最高権力者の聖王の命令である以上、そうやすやすと断ることはできない。

だが、この四人の誰か一人でも迷宮に向かいたくないと思う人がいるなら、その時は聖王に楯突《たてつ》いてでも、今回の命令を拒否するつもりでいた。

もちろん、神官の職を失うことは覚悟の上で、だ。

だがそんなことはどうだっていい。

問題は、俺を含めここにいる全員が、罪人とみなされ、パルムの教会組織全体を敵に回すことになるということだ。

もしそうなれば、この国で生きていくことはかなり難しくなる。それにミケイオたちにも害が及ばないようにしなければならない。

大聖堂の迷宮に挑むにせよ、それを拒《こば》んで逃亡者になるにせよ、どちらにしても楽な道はなさそうだった。

「アルフ」

頭を悩ませていると、俺の名前をオウゴが呼んだ。

顔を見ると、その表情はとても落ち着いていた。

「前から話している通り、我ら一族はアルフに救われて、今この場にいる。迷宮でどれほど力になれるかは全く分からないが、ここでもし恩を返せるのなら、私のことを使ってほしい」

オウゴがまっすぐに俺の目を見た。

「聖王の命令に従うというのは、はっきり言っていい気分ではない。だがアルフのためなら喜んでついていこう」

「オウゴ……ありがとうございます」

「私も」

オウゴに続いて、レンナが一歩前に出た。

「迷宮のことはよく分からないし、正直ちょっと怖いけど……アルフがこうやって頼んでくることなんてあまりないし、手伝わせてほしい。それに、アルフがいるなら大丈夫だって信じてるから」

レンナはそう言って、微笑みを浮かべた。

「アルフ兄ちゃん！」

ミケイオが、俺を見上げた。

「僕も、アルフ兄ちゃんのスキルや魔法がどれだけすごいか知ってる。どんな強い魔物が来てもアルフ兄ちゃんがいれば怖くないよ！」

「マリニアも！」

ミケイオの言葉に、隣にいた彼の妹も続いた。

みんな、俺を信じてついてきてくれる。

なら俺がすべきことは一つだ。

「……分かった」

みんなの目を見て、俺は心を決めた。

何があっても、彼らのことは俺が絶対に守る。

そして、このリアヌの聖院に集ってくれた人たちも。

「じゃあ、よろしくお願いします」

聖王は、迷宮の探索に二日使っていいといった。

まずは、迷宮内の魔物の強さを測る。

野生の魔物とは異なる特徴や能力を持っていることが多いので、その辺りの確認は必須だ。

もしそれで探索が難しそうだと分かったら――

どこまででも、この教会にいる人たちとともに逃げ回ってやる。


オウゴたちと解散して、夜も深まった頃。

俺は上手く眠れずにいた。

一度はベッドについたものの、迷宮の件で気持ちが落ち着かない。

知識の上ではもちろん知ってはいるが、迷宮は俺にとっても未知の場所だ。

しかもそれは、大聖堂に隠されていた存在。

俺一人に探索を任された状況ならば、命令を受けた責任感よりどんな経験ができるのだろうといううわくわくした気持ちが強くなっていたかもしれない。

だが今は、そんな気持ちなど感じる余裕はなく、一緒に連れていくレンナたちのことで頭がいっぱいだった。

聖王が何を求めているのか。

予見の玉が、なぜあのメンバーを選んだのか。

そういった謎もずっと俺の頭を悩ませている。

何より彼らを危険な目に遭《あ》わせないためには、自分に何ができるのか。

その対策を考えて気を揉んでいると、嫌でも目が冴《さ》えてしまうのだった。

気分転換しようと思った俺は、部屋を出て、リアヌの聖院の静かな廊下を歩いた。

祈りの広間に到着すると、先客が俺に気付いて声をかけてきた。

「アルフ?」

視線の先にいたのは、教会の女神だった。

「リアヌン……」

「どうしたの?」

リアヌンは、俺を見て首を傾げた。

「いや、ちょっと眠れなくてさ」

俺は笑って答えた。

「そう」

座っていた彼女の隣に、俺は腰を下ろす。

「リアヌンは？」

「私もそんな感じかなぁ」

リアヌンがそう言って、巨大な女神像を見上げた。

俺は言葉を濁《にご》しながら、彼女に尋ねる。

「大変？　その……仕事の方は」

俺はリアヌンが女神であるともちろん知っているが、その件を掘り下げるのは良くないことらしい。

こちらの世界に女神がやってきていることも、あまり多くの人間に知られてはならないようだ。

だから、リアヌンが実体化してこの教会に来た時には、亡命してきたとある国の姫君という設定で紹介していた。

「ううん、最近は絶好調だよ。この教会も、イスム地区自体も」

リアヌンが俺に顔を向けて笑った。

「熱心な教会主様のおかげだね」

「そうですか」

自然に笑みがこぼれた。

お世辞《せじ》だとしても、自分の仕事ぶりを褒《ほ》めてくれたようで嬉しかった。

「アルフはどう？　うまくいっている、神官としてのお仕事は」

「うーん」

神官としての仕事はそれなりにうまくいっている……とは思う。

もちろん、最初にリアヌンと会った時にお願いされた、イスムの民を豊かにするという仕事も。

気がかりがあるとすれば、聖王から命じられた迷宮探索の件だが……

俺は、首に巻きついてきたあの赤い蛇のような光の感触を思い出した。

多分話そうとすれば、何らかの力が働いて妨害されるだろう。

リアヌンに話を聞いてもらったり、魔法に詳しいツィペット先生に相談できたりしたら、気が楽になるに違いないのに。

「あっ」

リアヌンが、何かに気付いたような声を上げた。

「無理に話さなくても大丈夫だよ」

「え？」

「話したくないこと、誰にでもあるでしょ？」

リアヌンは俺から目を離して、視線を前に向けた。

彼女の横顔は、風のない湖の水面のように穏やかだった。

「心の中は、その人だけのものだから。神様にだって覗くことのできない、とても大切な聖域なんだよ」

「へぇ……」

この女神様は、美味しいものに目がなかったり、子供たちに負けないくらい無邪気《むじゃき》に遊んだり。かと思えば、教会のみんなを慈悲深《じひぶか》い目で眺めていることもある。

もとの小さくてぼろい教会で初めて話しかけられたときには、なんか、変な神様だな……としか思えなかったけれど……

接する時間が増えれば増えるほど、彼女のことが分かっていくような、また分からなくなるような、不思議な心地がした。

「ありがとう、気を遣ってくれて」

「えっ」

女神様は俺に視線を戻して、何度か瞬《まばた》きした。

「なんか……すごく気持ちが楽になった」

「そう？」

「うん」

俺が頷くと、リアヌンがくしゃっと笑う。

「良かった」

「じゃあ俺は部屋に戻るね。おやすみ」

「うん、おやすみ」

リアヌンと別れて広間を出る。

教会主の間に戻る途中で、彼女の声や表情が自然と瞼《まぶた》の裏で思い起こされた。

わずかな言葉しか交わしていないけれど、なぜだか気持ちはすっかり軽くなっていた。

自分のことを大切にしてくれる人がいると分かって、胸の奥が温かくなる。

迷宮探索に対しての焦《あせ》りはすっかりなくなっていた。


翌朝。

俺たちが暮らしている教会の前に、馬車がやってきた。

その馬車から、聖王の間にいた黒いローブの男が降りてくる。

男は馬車から姿を現すと、一瞬驚いたように教会を見上げた。

この人が、ここにあった元の教会を知っているのかどうかは分からないけれど、それと比べると、今のリアヌの聖院はあまりにも規模が違いすぎる。

教会のランクアップや教会の拡張を行った結果、パルムの教会にも負けないものになっていた。

男は目を細めて、視線をもう一つの建物に移した。

そこにあるのは、鬼人族の人たちが住む別棟だ。

この別棟でさえも、元の教会よりははるかに大きくて、設備が充実した建物になっていた。

「何か？」

俺は黙っている男にそう言った。

これらは、イスム地区の人々の祈り、そして女神の力によって生み出されたものだ。

別に後ろめたいことは何もない。

俺が声をかけると、男ははっとしたようにこちらを見た。

「いえ……おはようございます、アルフ様」

男は厳《おごそ》かな口調で言い、それから支度を済ませて並んでいる俺たちを見た。

俺、レンナ、オウゴ、そしてミケイオとマリニア。

ローブの男は、予見の玉に映った人物であることをきちんと確かめるように、それぞれの姿に視線を合わせた。

全員が水晶玉に映ったものと同一人物だと分かると、男は馬車に乗り込みながら俺たちに声をかけた。

「それでは参りましょう」

男の後ろに俺たちも続いて、馬車に入った。

教会の人たちに見送られながら、俺たちは都市パルムへと向かった。

「わぁ……」

大聖堂の前に到着すると、マリニアが感嘆《かんたん》の声を上げた。

「大きいね！」

ミケイオも興奮気味だ。

「うん」

俺は頷いて、ミケイオに微笑んだ。

テンションが高そうに見えたが、それは緊張を隠しているようでもある。

大聖堂の中の祈りの間には、昨日と同じく多くの人がいた。

しばらくそこで待っていると、鍵束を持った老神官がついてくるように言った。

そこから鍵のある扉、廊下、鍵のある扉、階段……と厳重過ぎる移動を繰り返した後、俺たちは聖王がいる部屋にたどり着く。

聖王の間には、俺がよく知る神官の姿もあった。

「しばらくぶりですな」

「ええ」

彼の名はクレック。

俺の前にイスム地区の教会を担当していた人物であり、以前『目の前の物を任意の場所に飛ばすことができる』スキルを使って、都市パルムのゴミを積極的にイスム地区へと飛ばしていた迷惑な男だ。

彼の悪行を上に報告しない代わりに、俺は、二度とゴミをイスムに投棄《とうき》しないように誓わせた。

その時に使った魔法具である誓いの札には、今も変化は見られない。

つまりまだクレック神官は、俺と交わした誓いを守っているということだ。

とはいえ、イスムの教会を担当していた頃に、民たちを邪険に扱っていたという話もあって、俺はこの人物に良い印象が全くないのだが……

クレック神官も、誓いの札の一件のせいか、俺のことを良くは思っていないらしかった。

そんな神官の周りに、見慣れない人たちが数名いた。

大振りな剣をさした、屈強《くっきょう》そうな男。

古ぼけた杖を握る老婆《ろうば》。

小柄《こがら》だが、目つきが鋭く、髪の長い男。

彼らは腕の立つ冒険者たちなのだろうか。

クレック神官が俺たちの方を一瞥《いちべつ》した。

「変わったお仲間ですな」

俺たちを馬鹿《ばか》にしたような言い方だ。

近くにいた小柄な男が、にやりと見下すような笑みを浮かべた。

「全員揃ったようだな」

俺たちの姿を見回してから、聖王が厳かに話し始める。

「迷宮へは二つの入口があり、お前たちには、別々の入口から迷宮に潜ってもらう」

クレック神官がこちらをちらっと見るのを感じた。

聖王の言葉は、まるで俺たちに競い合わせているようだ。

俺たちの反応も確かめず、聖王は言葉を続けた。

「迷宮は全部で四階層まである。そなたたちには最深部までたどり着き、そこにあるアイテムを持ち帰ってきてほしい。だが、初日で最奥部までたどり着くのは至難の業《わざ》だろう。丸二日を使って、この迷宮をじっくり攻略してもらおう」

迷宮の内部がどんな状態か分からない以上、与えられた二日という時間が短いのか長いのかも判断できない。

それでも無理はできない。

何より、みんなの安全を守ることが第一だ。

聖王が説明を続ける。

「有効に時間を使って、最奥までたどり着くのだ。途中で引き返して、迷宮の外で一度体を休めるのも問題ない。こちらとしては、アイテムが手に入りさえすればいい。ここにいる予見者の見立てでは――」

聖王が黒いフードの男の方に目をやった。

「お前たちにはなるべく自由に探索させることが攻略の鍵となるらしいからな。この迷宮に現れる魔物どもは、およそ三日間ごとに再生することが過去の記録から明らかになっている。今回に関して言えば、一度倒せば復活しないから安心して良い。そして、最深部にたどりつき、目当てのアイテムを持ち帰ったなら、お前たちの望みを叶えてやろう」

そこで、聖王は俺とクレック神官を交互に見た。

「何か望むことはあるか」

クレック神官は、待ってましたとばかりに口を開く。

「私はただ、聖王様のお役に立ちたい一心で呼び出しに応じたのみで、褒美をいただくなど畏《おそ》れ多く……」

聖王の前に跪《ひざまず》き、胸に手を当ててクレック神官は言葉を続ける。

ずいぶん芝居《しばい》がかった口調だった。

「ただ、聖王様がおっしゃられているにもかかわらず、何も頂戴《ちょうだい》しないというのも、失礼にあたりましょう。そこで、今後も私を神官として、聖王様のおそばで働かせていただきたく思います。私がもしこの迷宮攻略を経て、役に立つと思っていただけましたら――より一層のご重用をお考えいただけますでしょうか」

要は、より高い地位につかせてくれという話か。

「いいだろう。アイテムを持ち帰れたなら、そなたを重要な職につけると約束しよう」

「はっ」

クレック神官は満足げに応えて、一礼する。

「では、アルフ・ギーベラートよ。そなたが求めるものは何か」

聖王がこちらに視線を移す。

俺は少し考えてから、口を開く。

「私が担当しているイスム地区へゴミが捨てられないようにしていただきたいです」

イスムに飛ばされる前の自分なら、もっと高い位《くらい》につくことを望んだかもしれない。

でも、今は全くその気持ちが湧かなかった。

クレック神官からの視線を再び感じた。

自分のことを告げ口するつもりかと、びくびくしているようだった。

聖王が目を細めて問い返す。

「……ゴミ？」

「ええ」

聖王は黙り込んだ。

俺は詳しく説明した。

「イスム地区には、以前から何者かによってゴミが捨てられ続けてきました。それは今もまだ続いております。私自身もできる限りのことはしておりますが、一人で対処するにはあまりにも膨大です。もし可能なら、この問題を解決するために力を貸していただきたいのです」

「……」

聖王はなおも黙っていた。

「具体的には、聖王様のお力で、ゴミの投棄を禁止するよう宣言してほしいのです。イスム地区の周りにパルムを除いて街はなく、あれだけのゴミが日常的に捨てられるなら、間違いなくこの街からということになりますから。聖王様が一度宣言してくだされば、それで収まるように思うのです」

「それは……何のためにだ」

「何のために、ですか？」

「ああ」

「イスムに住む者たちのためにです。ゴミがあれば、周囲の森から魔物が餌を求めて街へやってきます。イスムに暮らす人々はその魔物たちから身を守る術《すべ》を持ちません。そんな彼らに平穏な暮らしを届けたいのです」

俺が言い終わらないうちに、大きな声が響いた。

厳粛な空気の中、部屋に木霊《こだま》したのは——聖王の笑い声だった。

俺含め、明らかに誰もが面食らっていた。

ただ一人、大きく口を開け、笑っている本人を除いて。

やがて、聖王の笑いがやんだ。

彼は、興味深いものでも見るような目で俺に視線を戻した。

「他には？」

聖王が玉座に肘《ひじ》をついた。

「私には力がある。望みたいものがあれば、正直に言え」

望みたいもの、と言われても。

俺は、イスムでのみんなとの生活を思い浮かべる。

イスム地区からゴミがなくなりさえすれば、これから先も教会の人たちと楽しく……

あっ、そっか。

「それでは」

俺は思いついた希望を述べた。

「可能な限り、私をイスム地区の担当でいさせてください。他の神官に任せることなく、私にあの教会の教会主でいさせてください」

聖王の間に奇妙な沈黙が流れた。

しばらくの後、聖王は口を開いた。

「その望みは本当にお前の心からの望みなのか。その望みが叶えられるのであれば、お前は迷宮の最奥までたどり着くことに力を尽くそうと思えるのか」

表情は変わらなかったが、聖王の言葉には困惑の色が滲《にじ》んでいた。

「ええ」

俺ははっきりとそう答えた。

聖王はまたしばらく沈黙した後、唸《うな》るように言った。

「よかろう。そなたたちがもし迷宮の最奥までたどり着いたなら、今後、イスムにゴミが捨てられぬよう、手を尽くそう。そして変わり者のそなたには、好きなだけイスム地区の担当神官でいさせてやろう」

変わり者……？

まぁ、なんでもいいか。

「感謝いたします」

迷宮に潜るのは、聖王の命令だったから応じただけで、俺としては報酬《ほうしゅう》の有無は関係ない。個人的に、最奥を目指すことにもそれほどの興味はなかった。

だが、イスム地区にゴミが捨てられなくなり、その上、イスムの担当を外されなくなるという特権すら得られるというのなら、俺にとってこれ以上の望みはない。

俄然《がぜん》、やる気が湧いてきた。

聖王はあらかたの話を終えると、玉座から立ち上がった。

そして俺たちを引き連れて、聖王の間の端へ移動する。

部屋の壁に並ぶ、六体の聖者の像。

この街を救った英雄たちだ。

巨大な像の顔を見上げながら、俺は一人一人の功績に思いをはせた。聖王が、最も左端の像の前で立ち止まる。

パルムの歴史上、最も賢く、魔法の扱いに長《た》けていたとされる人物――賢人カラマテスだ。

そこで聖王がその像に向けて杖を振ると――

巨大な像がゆっくり動き出した。

「！」

「なんと……」

俺と隣にいたクレック神官は、その光景に目を丸くする。

巨大な像がするすると脇へ動き……やがて俺たちの前に隠し部屋が出現した。

壁にかけられた巨大な絵画には、六人の聖者が力を合わせて戦っている場面が描かれている。

これが何を示しているかはすぐに分かった。

この街が、神とつながりを持つようになり、最初の教会を建て始める理由となった出来事だ。

伝説によれば、六人の聖者たちは神から分け与えられたスキルによって、凶悪な力を持つ魔人と黒いドラゴンを倒したとされている。

聖者たちは、いずれも手から光を放っている。

邪悪なドラゴンが口から火を噴き、魔人は恨みのこもった表情で六聖者たちを睨みつけていた。

しかし、その絵よりも存在感を放つものが小部屋にはあった。

聖王が床を杖で示して説明する。

「この石段が、地下迷宮へとつながる入口だ。クレックのパーティは左の階段から。アルフのパーティは右の階段から潜るように」

階段からは、迷宮に漂う禍々しい魔力の気配が漏れ出している。

階段の先には暗闇が広がっており、何も見通すことができない。

「迷宮に入る前に、何か聞いておきたいことはあるか」

聖王が俺たちの顔を見回した。

「畏れながら、聖王」

クレック神官が口を開く。

「迷宮の魔物は、森にいる魔物と異なり、倒した際にアイテムを落とすと聞きます。それらは持ち帰った方がよろしいでしょうか」

さりげない風を装《よそお》ってはいたが、その声色は明らかに興奮していた。

おそらく少しでも値打ちがある品を持ち帰って自分のものにしたいという腹積りなのだろう。

それを見透かしたように、聖王が冷めた声で答えた。

「捨ておくなり持ち帰るなり、好きにするがいい。最深部に眠る宝以外は、全てお前たちにくれてやる」

「かしこまりました」

クレック神官は恭しく頭を下げた。

「他に何か質問は？」

聖王がそう言って俺の顔を見た。

「二日の猶予《ゆうよ》が与えられているということでしたので、本日の撤退《てったい》のタイミングは自分たちで判断してよいということですよね」

「もちろんだ。二日以内に最奥にたどり着けるのであれば、過程は気にしない。潜れるところまで行って引き返してきてもよい。だが」

そこで、聖王が一呼吸置く。

「この迷宮の最奥に到達するのは、そう簡単なことではない。危険に出会うたびに戻ってきては、何日経っても攻略できないだろう。二日間夜通しで、前に進み続ける覚悟はしておくことだな」

「……分かりました」

聖王の発言で頭に血が上ったが、なんとか抑えた。

俺一人ならともかく、ミケイオやマリニアのような小さな子を連れて迷宮にこもれなんて、正気の沙汰《さた》じゃない。

今日の下見で決断する。

到底攻略できないと感じたなら、迷宮から出て、すぐに聖王から逃げる手立てを考えよう。

俺の気持ちも知らずに、聖王がその場で宣言する。

「さぁ、行け！　迷宮に挑戦できる期間は二日だ。それまでに、なんとしても最奥までたどり着くように」

クレック神官率《ひき》いるパーティが、躊躇《ためら》いなく左の階段を降りていく。

俺は、後ろを振り返ってみんなの表情を確かめた。

不安そうに階段を見る、レンナ、ミケイオ、マリニア。

それから眉間に深い皺《しわ》を刻むオウゴ。

「大丈夫」

俺はみんなに言った。

オウゴたちの視線が、暗闇へと続く階段から俺の方に移った。

俺は一人一人の目をじっと見てから、頷く。

「行こう」

「ああ」

「うん」

「「はい！」」

オウゴ、レンナ、ミケイオたち兄妹の表情に落ち着きが戻る。

たった一言の俺の言葉を、彼らがどれだけ信頼してくれているのかが分かる。

大丈夫。

俺はみんなを心配させないように微笑んでから、迷宮へと足を踏み入れた。


石段を下りながら、俺はスキルを使った。

『聖火を灯す』

薄暗い階段が明るくなった。

迷宮内はまるで地下通路のようで、石でできた壁と地面がどこまでも続いていた。

振り向くと、真後ろにレンナが、そしてミケイオ、マリニア、最後尾にオウゴと続いている。

俺はレンナに声をかける。

「レンナ、スキルを使ってもらってもいいかな？」

「えっ？」

きょとんとした顔をした後、俺がお願いした通りに『教会の守り人』のスキルを唱えてくれた。

『聖蜂を呼び出す』

それと同時に、彼女の周りにパァッと小さな光の粒が現れた。

「もっと出してみて」

レンナは頷き、さらに多くの光を生み出す。

蜂のような大きさの光が、俺たちの周りを包みこむように飛び回る。

「ありがとう」

俺は右手に抱えた聖火を消した。

レンナが出してくれた聖蜂のおかげで、十分に明るい。

これで俺は両手が使えるし、みんなも周りが良く見える。

「明るいね……！」

マリニアが安心したように呟いた。

「うん」

ミケイオも頷いたのを見て、レンナがはにかむように笑う。

「ありがとう、レンナ。じゃあ、先へ行こうか」

俺が口にしたお礼の言葉に、レンナが照れ臭そうにした。

「「うん！」」

みんなの力強い返事を聞いて、俺は先頭を進み始めた。

◆　◆　◆

予見者のコージドホツは黒いローブの袖《そで》で、落ち着かない様子で自分の手を拭った。

目の前では二つのパーティが階段の奥へと消えていく。

小太りで傲慢《ごうまん》そうな神官率いる、明らかに経験豊富な者たちのパーティ。

若い神官率いる、彼と同じ年頃の女性と、鬼と、子供二人のパーティ。

コージドホツは、自分で占った結果ながら若い神官率いるパーティを心配していた。

小太りの神官は手練《てだ》れの冒険者を連れているからいいが、若い神官の方はどうだ。

奴隷《どれい》なのか知らないが、頑丈そうな亜人が一匹。残りは女性に、子供までいるじゃないか……

コージドホツは自身が占った結果に責任を感じる。

だが、彼のスキルが都市パルム中の人間の中からあの二人の神官を確かに選んだのだ。

そして、一方には金で雇われたやり手の冒険者集団を、もう一方には素性《すじょう》は分からないが若き神官の知り合いの人間を彼らの仲間として映し出した。

それがどんなにあり得ない選択だったとしても、自分のスキルには今まで一度も間違いはなかったのだから、今回も正しいはずなのだと。

コージドホツはそう思った。

あの二組を迷宮に送り込めば、明日には太陽が空に昇るのと同じくらい確実に、聖王は迷宮の秘宝を入手しているに違いない。

だがそれ以外のことは……何一つ、分からない。

例えば、パーティメンバーの誰が無事に帰ってこられるかなどは。

「予見者よ」

そんなことを考えていると、聖王に呼びかけられる。

コージドホツは肩をびくりと震わせる。

振り返ると、聖王が笑みを浮かべて立っていた。

「よくぞここまで力を貸してくれた。最初は疑ってしまったが、そなたの力が本物であることは、事前に他の者から聞いていた。これで迷宮最奥の宝は私のものになったも同然ということだ」

聖王がコージドホツの肩に手を置く。

コージドホツはいっそう肩を強張らせた。

「無事に、宝が我が手に渡った暁《あかつき》には、そなたにも無論褒美をやらねばなるまい。何が欲しい？遠慮なく申せ」

「私は」

コージドホツが、そこで唾《つば》を呑み込む。

緊張、それから目の前の大権力者が「なんでも望みを叶えてやる」と言ってくれていることへの期待にコージドホツは声を震わせる。

「お、多くは望みませんが……」

「なんだ。なんでも申せ。私にできることなら、叶えてやるぞ」

「いくらかまとまったお金をいただきたいのです」

「ほう」

聖王の笑みが一層深くなる。

「それは良い。そうだな。大きな仕事を成し遂げてくれたのだ。金なら、そうだな……そなたが生涯、遊んで暮らせる程度にはやるとしよう」

「ほ、本当でございますか……⁉」

「はっはっは」

聖王が大いに笑った。

「そんなに金が欲しかったたか。そうだな、確かに金は素晴らしいものな」

「え、ええ」

「何に使うのだ？　奴隷でも買って楽に暮らすか。それとも、ぱぁっと使って遊ぶのか」

「ああ、いえ。そうではありません」

コージドホツは首を横に振った。

「ほう？　何か使うあてがあるのだな」

「ええ」

坊主頭の予見者が微笑みを浮かべて言った。

「故郷の村の者たちを、多少なりとも楽にしてやりたいのです」

「……」

聖王が怪訝《けげん》な表情をした。

「私の生まれた村は貧しいのですが、代々、我々のことを見守っている神がおられます。とはいっても、この街におられるような神ほど、大きな力を持っているわけではなく、わずかばかりのスキルを授けてくれる存在です。我々の村では代が変わるごとに話し合って、そのスキルを誰が授かるかを決めています」

聖王が沈黙していることに気付かず、コージドホツは続けた。

「そして村のみんなから選ばれたのが、私でした。長老から貴重な『予見《よけん》』のスキルを授かり、その時に村ではなく、外の世界で使うように言われたのです」

予見者の言葉に段々熱がこもっていく。

「私の前にそのスキルを持っていた者が、最後に私の未来を見て、コージドホツに旅をさせるべきだ、と言ったのです。予見のスキルを持ったコージドホツを送り出せば、そう遠くないうちに多くの財を成して村に幸せを持ち帰ってくれるだろう、と」

坊主頭の男は初めて素を見せたように笑った。

「私の――いえ、私が育った村の神のお力が優れたものであると、今回の件でまた分かりました。聖王様からいただく財を私は持ち帰ります。そして予見の通りに、私を信じて送り出してくれた村の者たちを幸せにするのです」

コージドホツが話す間、聖王は無言だった。

それからゆっくりと手を叩く。

「聖王、さま……？」

コージドホツが不思議そうな表情を浮かべた。

「素晴らしい。なんと清い心ではないか。そなたにそれほどの思いがあったとはな」

「い、いえ、清いだなんて、そんな……」

聖王に褒められたコージドホツは、自分の坊主頭を無意識に撫でた。

「いやいや、あの若き神官もだが、今回のことでは実に奇妙な者たちが集まったものだ。よろしい。そなたの話を聞いて、私も少し気が変わったぞ」

「はい」

朗《ほが》らかな笑みを浮かべる聖王につられて予見者も頰《ほお》を緩める。

「そなたに褒美を与えるのは、迷宮に潜っていった彼らが最奥まで到達してからにしようと考えていた。だがそなたは、予見者として既に十分な仕事を果たしてくれた。そなたの力が真であるならば、あとは黙ってこの部屋で待っておけば、私の成功は間違いない。そうだな？」

「ええ」

「つまり」

聖王が口元を歪めた。

「そなたはもう、用済みというわけだ」

「……へ」

コージドホツが次の言葉を発する前に、聖王の杖から真っ赤な光が放たれる。

予見者は聖王のスキルを食らってその場に倒れた。

聖王が、倒れた男を冷酷《れいこく》な目で見下ろす。

「まったく、どいつもこいつも、薄気味悪い」

聖王が続けて杖を一振りすると、倒れた予見者の体が宙に浮かび上がった。

「何が村のためだ。何が、自分を信じた者が待っているだ！」

聖王は思いきり杖を振って、宙に浮いた予見者の体を、小部屋の奥の大きな絵がある前に投げ飛ばした。

「人間の本質は、欲望。他の誰でもない、自分の欲望を満たすことにあるのだ。この偽善者めが……」

聖王はそう吐き捨てて、杖でぐるりと二度、空中に円を描く。

その杖の先の軌道に沿って、予見者の頬に剣で斬られたような傷がついた。

血がしたたり、彼が身に着けている黒いローブを汚した。

それから聖王は、睨みつけるように目の前の絵を見る。

「魔人《まじん》よ。久々に話そうではないか。この者の魂《たましい》を好きなだけ苦しめていいぞ」

六人の聖者が魔人と戦っている絵全体に、闇が広がった。

その闇が這《は》い出《だ》したかと思うと、予見者の頬の傷から体の中に入る。

予見者が目を見開いた。

「あああああ‼」

絶叫し、地面をのたうち回る予見者。

それからしばらくして、彼は意識を失った。

頬の傷から再び闇が這い出ると、それは聖王の目の前で人の形になった。

絵画の中で描かれている魔人がそのままの姿で現れた。

「まったく、貧弱な魂を用意しやがって……こんなんじゃ、俺様の本領など出せようはずもない」

「少しの間、話すだけだ。今日のところはこれで勘弁《かんべん》してくれ」

「ふむ」

魔人が自身の顎《あご》を撫でた。

「それで？　聖王マルカイルよ。前聖王から俺様の管理役を継承して以来ぶりの再会だな。私を呼んだからには、それ相応の話があるのだろうな？」

聖者と魔人の戦いが終わった後、代々聖王になったものは魔人の監視をする立場になっていた。

「当たり前だ。私が大した用もなくお前を呼ぶはずがないだろう」

互いが互いの圧を相手にぶつける。

それはスキルでも魔力でもなく、ただ存在を誇示《こじ》し、相手に気圧《けお》されまいとする覇気だった。

先に緊迫した空気を解いたのは、魔人の方だった。

「いいだろう。話だけは聞いてやる」

「来い」

聖王が、魔人に背を向けて小部屋から出る。

「余計な真似はするなよ」

背を向けたまま聖王は言った。

「弱き者の魂一つから吸い取った力ごときでは私に勝ち目はあるまい」

「やれやれ、分かっているさ」

魔人が大人しく、聖王の後に続く。

マルカイルは、堂々と魔人に背中をさらしたまま聖王の間を歩いた。

そして、自分の玉座に腰を下ろす。

「へぇ、ずいぶんとお偉い身分じゃないか」

「無駄口を叩くなら、話は終わりだ。また、あの古ぼけた絵の中に閉じ込められたいのか？」

「いやいや、悪かったよ。話を聞かせてくれ、聖王様」

魔人が恭しく、頭を下げた。

「さぁて、どんなご大層なお話だ？」

「あの迷宮に何人かの人間を送った」

「……あ？」

それまでふざけていた魔人の声が低くなった。

「何を言ってやがる。真面目な話をするんだろう？」

「これは冗談で言っているのではない」

「……」

ぽかんと口を開けた後、魔人は体を震わせた。

「ほ、本当なのか。それは」

すぐには信じられないといった様子で、魔人が再度問いかける。

「ああ、そうだ」

「それは、一体なぜ……」

「決まっているだろう。最深部で封印されているお前の力を取り戻すためだ」

魔人は黙っていた。

しかし次の瞬間、彼の顔全体に不気味な笑みが広がった。

「それは……取引か？」

「ああ、そうだ」

「つまり、俺を、この俺様を本気で復活させて何かを企んでいると……」

「その通りだ」

魔人は、長い舌で自分の口の周りを舐めた。

「俺を復活させて何をするつもりだ……望みはなんだ！　聖王！」

「神に逆らうこと」

少しも間を置くことなく答える聖王に、魔人は目を見開いた。

「復活させるから、私の目的のためにその力を貸せ。災厄《さいやく》の魔人よ」

「クッ、ククッ……カッ、ヒャッヒャッヒャッヒャッヒャ‼」

聖王の間に奇怪な笑い声が響き渡った。

「ずいぶんと面白そうな話じゃないか。その話詳しく聞かせてもらおうか、聖王」

「よかろう」

聖王は自身の計画の一部始終を魔人に話した。


全ての話を聞き終えて、魔人はにやりと笑った。

「面白い。その話、乗った」

「よかろう。ならば、契《ちぎ》りだ。私に魂を売れ、魔人よ」

「クックック……お前は本当に、悪い奴だなァァァ！」

魔人の体から、契りを結ぶ力が聖王へと渡る。

そして魔人の形が、徐々にその場から消え去っていった。

「ククク……次に会うのは、私の封印が解かれた後、だな？」

「ああ。しばしの別れだ」

聖王の間に、再び奇怪な笑い声が響いた。

それからしばらくして、倒れていた予見者コージドホツが意識を取り戻した。

「起きたようだな」

予見者が顔を上げると、視線の先には、聖王が立っていた。

「一体何が……」

「先ほどの苦しみを忘れたか？」

コージドホツはその言葉を聞き、ハッとした。

そしてガタガタと、全身を震わせ始める。

聖王が予見者の目を覗き込んだ。

「失《う》せろ。私の前に二度と現れるな」

「しっ、しかし、その……先ほどおっしゃっていた褒美は……」

「もう一度、さっきと同じような目に遭いたいのか」

「い、いえっ！」

予見者が慌てて立ち上がった。

「命を奪わなかっただけ、ありがたいと思え」

聖王が冷たく言い放った。

「はっ。し、失礼いたしました！」

予見者は逃げるように、聖王の間を去ったのだった。

第三話　探索開始

石でできた通路は一本道で、おどろおどろしい雰囲気はあるが、野生の魔物にあふれた森よりはかなり戦いやすい。

警戒すべき方向が定まっているし、魔力で溢れている森に比べて、容易に魔力の気配を捕捉《ほそく》できる。

俺——アルフは、道の先にある小さな魔力をすぐに感じ取った。

「止まろう」

みんなに声をかけた。

奥の暗闇からペタペタと、音を立てて何かが近寄ってくる。

「何あれ……」

レンナが囁《ささや》くように言った。

「スライムだね」

確かめるまでもないが、俺は念のため鑑定スキルを使った。

普段なら、鑑定スキルで見るのは「魔力の気配」と「対象の特徴」くらいだ。

だが、今回は魔物との戦いに長けた神獣たちはいないし、むしろ俺がメインで、みんなを守って戦わなければならない。

であれば、情報は多いに越したことはないので、抜き取れるだけ抜き取ろうと思った。

動きや攻撃手段、毒や呪いなどのこちらに害がある能力の有無、どれくらいダメージを与える必要があるのか。物理攻撃の威力に魔法耐性など、ありとあらゆる情報が数字に置き換えられた。

名前　：グリーンスライム
属性　：迷宮に属する魔物
危険度：1
体力　：1
攻撃力：1
防御力：1
素早さ：1
魔力　：1
魔法耐性：1

どの項目にも、これといった強みは見られない最弱モンスターだ。

うん。魔力の気配通り、何の変哲《へんてつ》もないただのスライムだな……。

俺はほっと胸を撫で下ろした。

命懸けで戦うような魔物が最初から出てきたらどうしようかと思っていたが、そんなことは全くなかった。

もちろん完全に気を抜くことはできない。

地上の森では、奥深い場所の方が、空気中に満ちる魔力の濃度《のうど》が上がり、魔物が強くなる。

同様に、迷宮では下の階層に進むほど強い魔物が出てくる。

ここから先も魔物の強さを見極めながら、慎重に進んでいかなければならない。

ぽよんぽよんと跳ねながら、スライムが近寄って来る。

俺は自分の手に魔力を集中させた。

魔法の基本属性は、火、水、風、土。

大抵魔法を使う者は、属性に得意・不得意があるが、俺には特にない。

まずは最も基本的な技を発動させた。

ボフッ。

「おー！」

右手から火の球を放つと、ミケイオとマリニアの驚く声が後ろから聞こえてきた。

まっすぐに飛んでいった火の球が、狙い通り魔物を捉える。

スライムは火の魔法に喰いつくされると、体から黒い光を放った。

火が消えた後には、魔物の姿は跡形もなく消滅していた。

「本当に消えた……」

地上の魔物には見られない、迷宮特有の現象だ。

地上の魔物は倒しても屍《しかばね》が残るが、迷宮でそれが残ることはない。

知識はあったが、実際に目にするのは初めてだった。

「倒したの？」

「だね」

レンナの質問に俺は頷き、説明する。

「迷宮で発生した魔物は、野生の魔物と違って、実体がないらしい。生き物というよりは、生き物のフリをした魔力の塊《かたまり》に近い。だから形が維持できなくなると、残った魔力が散って迷宮に吸収される。核になっている物質だけを残して消えてしまうという原理らしいんだ」

神学校で学んだ知識を共有すると、みんなは分かったような分かってないような顔をしていた。

「ほう……」

オウゴも顎をさすりながら、難しい顔で唸《うな》っている。

スライムがいた場所を見ると、魔物の残骸《ざんがい》に代わってアイテムが落ちていた。

ミケイオがそれを指さして、興味津々《きょうみしんしん》な様子で近寄る。

「何あれー」

「呪われてるかもしれないから、触らないでね。まずは俺が確認するから」

俺は先に触ろうとするミケイオを制止した。

「分かった」

ミケイオが真剣な表情で頷く。

魔力の気配からして九分九厘大丈夫だと思うけれど、鑑定スキルで情報を分析した。

名前　：スライム石《いし》
属性　：ドロップアイテム
希少度：1
状態　：通常

「うん。大丈夫。普通のスライム石だね」

氷のように透明で、うっすら緑がかった石。

俺はそれを拾って、ミケイオの手のひらにのせた。

「これは……？」

「迷宮にいる魔物は、倒すと珍しいアイテムを落とすんだ。ドロップアイテムって呼ぶんだけど、魔力が特別な形で結晶化《けっしょうか》したものだから、色々と使い道がある」

「へぇ……」

「聖王様も、魔物から出たアイテムは好きにしていいって言ってたから、持って帰ろう」

「この石は、何に使えるの？」

「うーん……」

俺はミケイオの頭を撫でながら答えた。

「ドロップアイテムは、俺よりもツィペット先生の方が詳しい。何に使えるか、帰ったら一緒に聞いてみよう」

「うん！」

ミケイオの瞳がきらきら光った。

俺はスライム石をスキルで『保管庫』に収めて、先へ進んだ。

スライムを倒してまもなく、新たな魔力の気配を感じ取る。

天井すれすれを、蝙蝠《こうもり》のような何かが飛んでいた。

魔力の大きさは、先ほどのスライムとそう大差ない。

すぐさま、鑑定スキルを念じた。

『鑑定する』

名前　：ブラックインプ
属性　：迷宮に属する魔物
危険度：2
体力　：1
攻撃力：1
防御力：1
素早さ：2
魔力　：1
魔法耐性：1

鑑定したブラックインプを先頭に、こちらに向かって三匹飛んできた。

俺は動き回るそいつらに、すぐさま風魔法を放つ。

向かい風を吹かせて、こちらに近づかせないように動きを制限しながら、同時に的を外さないように注意して、風魔法で切りつけた。

ブラックインプがしゅーっと紫の煙を放って消滅する。

その煙の中から、ぽとっとアイテムが落ちて来た。

名前　：インプの角《つの》
属性　：ドロップアイテム
希少度：1
状態　：通常

インプの角は、ちょうど、俺の人差し指くらいの大きさだった。

ごつごつした円錐状《えんすいじょう》の物体で、表面がざらざらしている。

俺が持っている角をしげしげと眺めていたミケイオとマリニアに手渡してやる。

何を思ったか、マリニアがそこに鼻を持っていき、眉間に皺を寄せた。

「変なにおいした？」

「うん……ちょっとくさいね」

ミケイオが聞くと、マリニアが顔を顰《しか》めた。

オウゴがふっと笑みをこぼし、レンナとミケイオも楽しげに笑った。

危険な迷宮内だというのに、俺たちの周りには和《なご》やかな雰囲気が流れた。

インプの角を収めて、さらに俺たちは先を急いだ。

わかれ道に差し掛かって、俺たちは足を止めた。

まっすぐ伸びる通路と、右にいく通路の二本ある。

「アルフ、どっちに行く？」

困ったような顔で尋ねるレンナ。

「ちょっと待ってね……」

俺は立ち止まって、魔力の気配に集中した。

どちらも、そこはかとなく魔力の気配が漂っていて、先に魔物がいることは確かだ。

しかし、それほど距離が近いわけでもない。

「ひとまずこっちに行こう」

俺は右手に伸びる道を指さして答えてから、レンナに確認する。

「聖蜂の調子はどう？」

「うん、大丈夫だよ」

クリーム色の髪を揺らして、彼女は頷いた。

体内にある魔力を消費する魔法と違って、スキルが消費するのは、神力――つまり、リアヌの聖院での祈りや生活の中でみんなで溜めた力だ。

だから魔法を使う時ほど、疲労するという感覚はない。

迷宮の中で気を張っていることもあって、精神的な疲れは感じるかもしれないけれど……

今のところレンナの様子は普段通りだけど、こちらが気を配っておかないと。

「じゃあ、後ろを重点的にお願いできるかな」

俺は、最後尾に立つオウゴの後ろを指さした。

「アルフ、あの……」

そこでレンナが何か言いたそうにする。

「どうしたの？」

「えっと……スキル、うまく使えるかなと思って」

レンナは後ろを振り返ってスキルを発動させると、聖蜂の数を増やした。

周囲を照らす明かりが強くなる。

「魔物相手にってこと？」

レンナがこくりと頷いた。

俺は、彼女が『教会の守り人』になって以降、ふとしたときに教会の周りでスキルを試していることを知っていた。

与えられたスキルを、自分が扱えるのかどうかしっかり確かめているのだ。

「次に出会った魔物で、少し試してみようか」

俺が提案すると、レンナが顔を上げた。

「いいの？」

「もちろん。まだ弱い魔物しか出てきていないし、今のうちに感触を確かめておこう」

「分かった」

レンナは緊張の面持《おもも》ちで頷いた。

「他のみんなは大丈夫？」

ミケイオとマリニアが、こちらを見上げて笑った。

「「うん！」」

ちびっ子たちはどうやら迷宮探索を楽しみ始めたようだ。

オウゴの方を見ると、口元に笑みを浮かべてこくりと頷く。

みんなまだ元気そうだ。

「よし。じゃあ、行こう」

二つにわかれた道を右に曲がって、俺たちは引き続き迷宮の先へ向かった。


これまで通ってきたところより、道幅が広くなった。

地面も先ほどまでの石畳と違って、茶色くパサついた、柔らかい土だ。

微かな魔力の気配が感じられたかと思うと、鳴き声が聞こえた。

「ウォン！」

「ウォン!!」

道の角から兎のような魔物が飛び出してきた。

ただ、その鳴き声はけたたましく、犬のようだ。

珍しい見た目の生き物を相手に、俺は鑑定スキルを発動した。

名前　：ドッグラビット
属性　：迷宮に属する魔物
危険度：2
体力　：1
攻撃力：2
防御力：1
素早さ：2
魔力　：1
魔法耐性：1

魔物の実態を確認した後、俺はレンナに声をかけた。

「聖蜂を試してみようか」

「うん……！」

レンナが腕を振ると、周りを飛んでいた光の蜂たちがまっすぐにドッグラビットたちの方へ向かっていく。

同時に、ドッグラビットたちがこちらに向かって猛然《もうぜん》と駆け始めた。

「あっ！」

レンナが声をあげる。

聖蜂は、弾けることで本来の力を発揮するスキルだ。

だが、レンナがその指示を出す前に、ドッグラビットたちは蜂の群れを正面から突っ切ってしまった。

これでは弾けても効果が届かない。

俺はドッグラビットの動きを抑えるために、土魔法を使って地面にへこみをつくった。

猪突猛進《ちょとつもうしん》で向かってきていた二匹の魔物は、突如としてでこぼこになった地面に足を取られて、その場でこける。

「ウォン！」

「ウォン！　ウォン！」

何が起こったか分からず、慌てふためくドッグラビット。

大きめの火球をつくって、彼らの前で破裂《はれつ》させると、彼らはさらに慌てて、俺たちがいる位置から離れた。

だが完全に逃げるわけでもなく、遠巻きに吠《ほ》えてくる。

「レンナ。もう一度、落ち着いてやってみよう」

「うん……！」

冷静さを失っていた彼女の気持ちを表すように、光の粒は散り散りになっていた。

だが、彼女がふぅと息を吐いて、「動いて」と呟くと、聖蜂たちはまた群れのように統率のとれた動きをとり始めた。

聖蜂たちが、目標となる二匹の兎を取り囲んだ。

「ウォン！　ウォン！」

「ウォン！」

レンナは魔物から目を離さず、スキルの合言葉を唱えた。

『聖蜂を送り返す』

光の粒がパチパチと弾け始める。

それまで変わらずこちらに向かって吠えていたドッグラビットたちだったが、その声が段々弱まっていく。

「ウォ……」

「ウォン……」

それから力尽きたように、その場にころりと横たわった。

「おー！」

マリニアが歓声を上げる。

「うまくいったね」

俺が言うと、レンナはほっとしたように笑った。

近づいて確認しても、二匹のドッグラビットは、目をつぶって眠りこけているかのように動かなかった。

「眠ってるの？」

ミケイオの質問に、俺が答える。

「うん、そんなところかな」

聖蜂の力は、対象の相手を傷つけず意識を奪うことができる。

レンナが発動したスキルは、ちゃんと効果を発揮していた。

「でも……」

俺が説明しようとした瞬間、変化は起こった。

二匹の兎たちが、急に紫の煙を放ったのだ。

「わっ！」

マリニアが声をあげて、俺の手をぎゅっと掴んだ。

「大丈夫だよ」

煙はすぐに迷宮の中に消え、後には、白い棒のようなものが残された。

「倒……したの？　でも、聖蜂はダメージを与えられないはずじゃ……」

「うん。ダメージは与えていないけれど、レンナのスキルで戦闘できなくなったから、迷宮自体があの魔物たちを消したんだと思う。もう役割は果たせないと判断して」

「役割？」

「そう。迷宮にいる魔物たちは、ここに入ってきた侵入者を奥底へと進ませないように妨害するっていう役割がある。でも今みたいに戦闘不能な状態に陥《おちい》ると、その仕事が果たせなくなるでしょ？　それで迷宮が魔物を不要だと判断して、その魔力を吸収したんだと思う」

「へぇ……」

レンナは消費した分の聖蜂を周りに追加して、光に照らされた周囲を見回した。

「不思議な場所なんだね」

「うん」

俺はそのまま鑑定スキルを使って、兎が落としていったドロップアイテムが危険なものでないことを確かめる。

名前　：かじられた骨《ほね》
属性　：ドロップアイテム

希少度：1
状態　：通常

よし。呪いもかかってない。

収納スキルでドロップアイテムを回収して、俺たちはさらに先へと向かった。

道幅の広い道を歩いているうちに、また別の横道を発見。

魔力の気配に危なそうなところはなかったが、天井が低くなっていて、道幅が狭かったので、避けることにした。

「こっちの道をそのまま行こう」

「分かった」

レンナがこくりと頷き、それから俺を呼び止める。

「アルフ、あの……」

「ん？」

「あの、たぶん、アルフが戦う方が早いとは思うんだけど……さっきはうまくいかなかったから。もう一回だけ、スキルを試させてもらってもいい？」

レンナの大きな瞳からは、力強い意思が感じ取れた。

「もちろん。必要だと判断したら、俺が魔法で援護するから、試せるだけ試そう」

俺が頷くと、レンナは表情を緩めた。

「ありがとう」

「うん」

次の魔物が姿を現した。

全身に炎をまとった巨大なトカゲだ。

六本の足をバタバタと動かして、こちらに近づいてくる。

「シャー！」

大きな口を開くと、そこにはギザギザの細い歯が並んでいた。

『鑑定する』

名前　：大《だい》サラマンダー
属性　：迷宮に属する魔物
危険度：2
体力　：2
攻撃力：2
防御力：1
素早さ：1

魔力　：2
魔法耐性：1

レンナが俺の方をちらと見る。

俺が頷くと、彼女は前に出て、さっと手を振った。

俺たちの周りを飛んでいた光の粒が、さぁっと風のようにトカゲの方へ流れる。

トカゲは黄色く淀《よど》んだ目で光を睨み、二つの火の球を連続で口から噴いた。

火球が光の粒を通り抜け、俺たちの方に飛んでくる。

レンナはその火の球に声を上げることなく、自分の操る聖蜂に集中してトカゲへと向かわせた。

俺は魔力を引き出して、両手から水魔法を放った。

両手から生み出された水でできた二匹の魚は宙を泳ぎ、飛んできた火の球を難なく呑み込む。

それを見たトカゲが火球を追加で飛ばしてきた。

俺はその火の球の連弾を上回るスピードで何匹もの水の魚を放ち、トカゲが放ってくる火を抑えた。

その間に、レンナの聖蜂がトカゲのもとに到達する。

『聖蜂を送り返す』

レンナは落ち着いて、そう唱えた。

彼女の意思に応え、光の蜂たちがぱちぱちと弾ける。

火を噴き続けていたサラマンダーの口がゆっくりと閉じられた。

それから六本の足がぐらぐらと揺れると、トカゲがごろりと横に倒れていく。

俺は、飛ばしていた水の魚の全てをトカゲめがけて落とした。

バンッ、と何かが破裂するような大きな音を立てて、魔物が形を失う。

微かに残る魔力の気配もすぐに迷宮に吸い込まれていった。

「すごい！」

後ろでは、ミケイオが目を輝かせていて、マリニアは満面の笑みで手を叩いていた。

「二人とも、かっこいい！」

マリニアの言葉に俺は笑顔を返して、レンナの方を見た。

レンナが照れくさそうに言う。

「そうかな」

「うん！」

マリニアが頷いた。

「ふふっ、ありがとう」

レンナとのやり取りを横目に見ながら、俺はトカゲがいた後に残ったアイテムを鑑定した。

名前　：炎《ほのお》の結晶《けっしょう》
属性　：ドロップアイテム
希少度：2
状態　：通常

呪いがかかっていないことを確かめて、そのアイテムを拾い上げる。

透明な石の中で、炎が揺らめいていた。

「綺麗だね……！」

炎の放つほのかな光が、マリニアの瞳の中できらきらと輝いた。

そこからしばらく歩いたところで、俺はみんなを呼び止めた。

「ちょっと待って」

通路の先の右の壁際に何かが落ちているのが見えた。

「魔物？」

レンナが囁《ささや》く。

「いや。ここで待っててくれる？」

「分かった」

ミケイオとマリニアもこくりと頷いた。

俺は慎重に近づきながら、周囲の魔力の気配を探った。

魔力を感じるのは、対象のものからだけだった。

『聖火を灯す』

俺は右手に光を灯して壁の近くのものをスキルで鑑定した。

名前　：迷宮《めいきゅう》の箱《はこ》（木《き》）
属性　：迷宮アイテム
希少度：3
状態　：中に入っているものは不明

「来て大丈夫だよ」

俺は振り返ってみんなに声をかけた。

四人がこちらに近づいてくる。

「これは……？」

オウゴが興味深そうに目を細めた。

俺は箱を指で示しながら、みんなに教える。

「迷宮は、魔物以外にも様々なものを魔力によって生み出すことがあるんだけど……この箱もそのうちの一つだね。『迷宮の箱』って呼ばれていて、大抵はこの中に珍しいアイテムが入ってるらしい」

「珍しいアイテム!?」

マリニアが色めきたつ。

「でも、今回はやめておこう」

「開けないの？」

ミケイオが問いかける。

「うん。アイテムが入っていることもあるけど、もしかしたらトラップかもしれないからね」

「トラップ？」

「開けた瞬間に魔法が飛んできたり、呪いをかけられたりするかもしれないんだ。迷宮の箱には、そういったパターンもあるって聞いたことがあるから」

俺は立ち上がった。

「というわけで、迷宮の箱は基本素通りでいこう。見つけても、触っちゃだめだよ」

「「はーい！」」

その後も迷宮を進んでいき、また魔物と遭遇した。

名前　：ブルークラブ
属性　：迷宮に属する魔物

危険度：2
体力：2
攻撃力：1
防御力：3
素早さ：1
魔力：1
魔法耐性：2

名前：マンドラゴラ
属性：迷宮に属する魔物
危険度：1
体力：3
攻撃力：1
防御力：1
素早さ：1
魔力：2
魔法耐性：1

次々と出現する魔物を、俺は四属性の魔法で蹴散らしていく。

倒すたびに地上では手に入ることが少ない、不思議なものが手に入った。

名前　：青《あお》い甲羅《こうら》
属性　：ドロップアイテム
希少度：2
状態　：通常

名前　：しなびた根《ね》っこ
属性　：ドロップアイテム
希少度：1
状態　：通常

魔物との戦闘中、特に危険を感じることはなかった。

レンナも徐々に慣れてきたようで、落ち着いて聖蜂を扱えるようになっている。

俺が戦闘で戦っている間、オウゴが最後尾でミケイオとマリニアをしっかり見てくれるので、安心感があった。

道の途中で、箱がちょくちょく現れることもあった。

それは最初に見た木製のものだけでなく、蔦《つた》が絡まって自然に埋もれたような姿のものや金属でできたような無骨《ぶこつ》なものもあった。

貴重なアイテムが手に入る可能性を考えると惜しい気持ちはあったけれど、身の安全が優先だ。

最初にミケイオたちに伝えた通り、スルーすることにした。

迷宮の雰囲気もだいぶ掴めてきたと思った頃、道の先に一際濃い魔力を感じた。

「ここで待ってて」

俺は声をかけて、先に一人で確認へ向かう。

聖火で照らすと、そこにあったのはさらに下へと続く石段だった。

その先からは、これまでより強い魔力が感じられる。

迷宮のさらに奥深く——第二階層へと続く階段だ。

俺は安全なことを伝えて、みんなを近くまで呼んだ。

「階段……」

「これが、えっと……もっと深いところにつながっているの？」

マリニアが俺を見上げて言った。

「そうだね。第二階層につながっているんだと思う」

俺は四人の顔を見る。

聖蜂スキルを駆使して、臆《おく》することなく魔物と戦ったレンナ。

最後尾で後ろを警戒しながら、ミケイオとマリニアの世話をしてくれたオウゴ。

ミケイオとマリニアだって、慣れない空間でもしっかりついてきてくれた。

とはいえ、まだ子供だし、今のところ疲れは見えなかったけれど、無理をさせてからでは遅い。

「アルフ兄ちゃん」

ここで撤退するか迷っていると、ミケイオが俺を呼んだ。

「ん？　どうしたの、ミケイオ」

「僕、まだ歩けるよ」

「マリニアも！」

俺の気持ちを感じ取ったように、ミケイオとマリニアがそう言った。

レンナとオウゴに視線を移すと、彼らもこくりと頷いた。

俺は第二階層へと続く石段――そこから流れて来る、魔力の気配に意識を傾けた。

ここまでとは、少しだけ違う。でも……

閉じていた目を開ける。

「ありがとう、みんな。もう少しだけ、頑張ってもらってもいいかな。第二階層がどんなところか、軽く様子見したい」

「「うん！」」

『聖火を灯す』

右手に火を灯し直して、いざ第二階層へ。

◆　◆　◆

アルフが迷宮探索を始める少し前。

クレックは、聖王が開いた扉の中を見て驚いていた。

巨大な聖像の後ろから現れた小部屋。

そして部屋の中にある、闇へと続く階段。

右には、若い神官率いるパーティが立っていた。

――まさか、聖王様から迷宮探索を任されたのが自分だけでなかったとは。しかもその競争相手が、よりにもよって、以前歯向かってきた神官、アルフだなんて。目の上のたんこぶめ。

クレックは小さく舌打ちする。

だが、これは考えようによっては良い機会だった。

この迷宮で、アルフたちには全滅してもらえるかもしれないからな、とクレックはほくそ笑んだ。

何せ、アルフ神官が連れている、向こうのパーティは女一人に、子供が二人。

唯一役に立ちそうなのは、奴隷か知らないが一匹の鬼くらいだ。

どう考えても迷宮に挑む面子《メンツ》ではない。

一方、クレックのパーティは、以前から付き合いのあった腕の立つ冒険者たちだ。

あの不思議な玉に映し出され、聖王に連れてこいと命令されて招集したメンバーだ。

かかった金は決して安くはなかったが、実力は折り紙付き。

戦力を見比べれば、どう考えてもこちらの方が強い。

「ククッ……」

思わず笑い声を漏らすクレック。

ともあれ、アルフたちは二日と持たずに全滅するだろう。

クレックにとって唯一残念なのは、あの偽善者神官が迷宮で苦しむ姿をこの目で直接見られないことか。

聖王がクレックたちとアルフたちをそれぞれ見回しながら言った。

「さぁ、行け！　迷宮に挑戦できる期間は二日だ。それまでに、なんとしても最奥までたどり着くように」

「行くぞ」

クレックは後ろにいる冒険者たちに言った。

そして彼らに向かって、目の前の石段を顎で示す。

「高い金を払ってるんだ。ちゃんと働いてもらうぞ」

剣士のサガ、魔女のロウブ、盗賊のバログマ。

彼らが順番に石段を下りていく。

ここから迷宮攻略の始まりだ。

屈強な冒険者たちに続いて、クレックは堂々と足を踏み入れた。


魔女のロウブが、手に持った杖を振る。

ボッと音がして、人の顔ほどの紫の火が宙に浮かんだ。

目の前には、石でできた薄暗い通路が続いている。

「ふむ、これが迷宮というやつか」

魔女のロウブが先頭に立って歩き始めたところを、クレックが呼び止める。

「おい」

先へ歩き始めていた三人の冒険者が、その声で振り返る。

「もっと明るくならないのか」

通路が暗すぎる、とクレックは思った。

「どこからモンスターが出て来るか分からない迷宮でこの暗さは危険ではないか！」

わがままな物言いのクレックに、剣士のサガが嘆息《たんそく》しつつ近づいた。

「なんだ？」

目の前に立つサガを見返してクレックがそう返すと、ロウブがサガを押しとどめ、口を開いた。

「神官様」

ロウブがしわがれた声で言った。

「私めの魔力には限りがございます。ここから幾度も魔物と戦うゆえ、温存したく思うのですが」

「それはいいが……なら何か代わりの、明かりになるものはないのか」

サガが、薄汚れた老人――バログマを見た。

バログマはため息をついて、背負っていた鞄《かばん》から何かを取り出した。

そのアイテムをロウブに渡すと、彼女がそれを振った。

魔法具らしきそれが、光を放ち始める。

「魔法ランタンです。光が弱くなったら振ってください。中の魔法石が光を灯します……」

ロウブがそれを手渡すと、クレックが早速軽く振った。

ランタンの中の石が、さらに燃えるように光る。

ふん、とクレックが鼻を鳴らす。

「便利なものがあるじゃないか。なぜ最初からこれを使わなかったんだ」

クレックが咎《とが》めるように言うと、ロウブが即時に答える。

「手がふさがるからでございます。本来その魔法具は、私の魔力が厳しくなった時に使うための備えの道具です。中の魔法石とて、燃料は無限ではない。それをお忘れなきよう……」

無駄遣いするなとでも言うつもりか？　とクレックが眉を上げた。

「それなりの額は払ったはずだぞ。ちょっとの魔法石でけちけちするな」

魔法ランタンで照らされた迷宮の先を指さして、クレックが言い放つ。

「さぁ、進んでくれ。もたもたして、向こうのパーティに先を越されたら、何のためにお前たちを雇ったか分からんじゃないか」

クレックがそう指示すると、三人の冒険者たちが顔を見合わせた。

サガは何か言いたげにしていたが、それをこらえて歩き始めた。

すぐに、最初の魔物が飛び出してくる。

「フィーアラビット、一体。魔力の気配はわずか」

ロウブが兎の魔物を凝視《ぎょうし》しながら端的に報告する。

「俺が行こう」

サガは剣を抜くと、魔女を追い越して前に出た。

兎の魔物に自慢の剣を素早く振る。

刃がフィーアラビットを捉えた次の瞬間、魔物が吹き飛んだ。

黒い光とともに、その場から消え失せる。

光からこぼれ落ちたものをサガが拾い上げると、最後尾にいたクレックが目敏《めざと》くそれに気付く。

「おい」

どたどたと駆け寄り、サガの手を指さした。

「ドロップアイテムは私のものだぞ」

そう言って、クレックがドロップアイテムをぶん取った。

「……」

サガは反論しなかったが、彼のこめかみの血管は静かに浮かび上がっていた。

「なんだこれは？」

クレックがアイテムを見て不満げに言う。

「迷宮の魔物がドロップするものは、希少なアイテムなのだろう？」

古代遺跡など、神聖な場所を入口とする異質な空間――地下迷宮。そこで魔物が落とすのは、市場にはなかなか出回らない貴重なアイテムであることを、クレックは知っていた。

だが、実際にドロップしたのは薄汚れた角のようなもの。

クレックには、どう見てもそれが高価なアイテムだと思えなかった。

バログマが前に出て答える。

「希少なアイテムには違いありません。が……」

盗賊がそこで、首を横に振る。

「我々は、あくまで雇われて護衛をする身。アイテムの価値は、専門の鑑定士に見てもらわねば分かりかねます」

「ふん」

クレックは小石ほどの大きさの角に自分のスキルを使った。

対象を自分が思い浮かべた場所に飛ばすことができるスキルだ。

クレックが頭に浮かべたのは、自分が担当している教会――その中で自分に教会主として割り当てられた部屋。スキルの光がドロップアイテムを包み、その姿を消した。

「お見事です」

ロウブの賛辞《さんじ》にクレックは鼻を鳴らして応える。

手に入れたドロップアイテムは、とりあえず自分の部屋に送っておき、後からじっくり吟味《ぎんみ》すればいい。

クレックはそう考えて先へ進んだ。

「シャー！」

通路から色鮮やかな蛇が飛び出してきた。

「グースワーム、二体。牙が厄介だ。縛《しば》るよ」

ロウブがサッと情報を伝えて、杖から光の輪を放つ。

その輪が蛇の口を締め付けると、蛇の魔物はその輪を振り払うように首を振って暴れた。

「わしにやらせてくれるかの、サガ」

バログマが、どこからともなく二つのナイフを抜いた。

「この辺りで慣らしておきたい」

バログマが両手で器用にナイフを回した。

「ああ」

サガが返事するのと同時に、バログマは蛇の魔物へと向かう。

魔物がバログマに反応して暴れ回った。

彼はそれを気にすることなく、二つのナイフを素早く振る。

クレックの目には乱暴に振り回しただけのように見えたが、結果はすぐに分かった。

蛇の首が飛び、二つの胴体は太い紐《ひも》のように地面に落ちて動かなくなる。

強い火で燃やされたように、魔物は尻尾から真っ黒になり、そして焼失《しょうしつ》した。

頭が落ちていた場所に何かが残った。

クレックは、ナイフの軌道《きどう》こそ見極めることができなかったが、アイテムが出現したのは見逃さなかった。すぐにアイテムに飛びつく。

ロウブはクレックがアイテムに触れる直前に彼の手を止めようとしたが——諦《あきら》めた。

サガたち冒険者はいずれも、迷宮の魔物から落ちるアイテムに、いくらかの割合で呪いがかかっていることを知っている。

護衛任務を任されている以上、サガたちはそういったトラブルからも依頼者を守る必要があった。

だが、神官のアイテムに対する素早さと貪欲《どんよく》さの前に、忠告を挟む隙はなかった。

蛇を倒したバログマが、ナイフの動きを確認してから鞘《さや》にしまった。

「わしはこれで良しじゃ」

サガたちが今後の探索について話し合っている間も、クレックは我関せずといった様子だ。

ただ、蛇が落としたうろこのようなドロップアイテムの輝きに魅《み》せられていた。

それからさらに迷宮を進んだところで、先頭を行くロウブが後方の面々に言った。

「止まるのだ」

彼女のすぐ後ろにいたサガがすぐに手を横にして、ロウブの言葉を繰り返す。

「止まれ」

クレックは自分まで命令されたような気持ちになりむっとする。

ロウブが通路の先の気配を窺う。

「魔物、ではないな」

それからじっと目を細めて、しわがれた声で言う。

「箱じゃ」

「迷宮の箱か？」

サガが問い返すと、ロウブが頷いた。

「迷宮の箱⁉」

二人のやり取りを聞いたクレックが先頭までやってきた。

「アイテムが入っているのか⁉」

サガが忠告する。

「罠の可能性もあります」

「そういう時のための盗賊だろう！　盗賊は迷宮の箱を開けられると聞いたぞ⁉」

クレックは、盗賊のバログマを太い指で指さした。

サガが苦虫を噛《か》み潰《つぶ》したような顔をした。

「よくご存じで」

「当たり前だ！　盗賊が迷宮の罠を回避できるのも知っているぞ。開けさせろ！」

サガがまだ何か言い返そうとしたところで、バログマが間に入った。

「もちろん、喜んで開けさせていただきますとも」

「当然だ。何のために一人余分に雇ったと思っている」

「ですが、一つだけ先に申し上げても良いですかな？　神官様」

盗賊が笑みを浮かべて言った。

「なんだ？」

「どれほど優れた盗賊でも百パーセントはありません。箱を開けることには必ず危険が伴います」

「それがどうしたというのだ？」

クレックは、何が言いたいのか分からないという調子で問う。

サガが口を開こうとしたが、バログマはそれを押しとどめて言葉を続ける。

「分かっておいてほしいということです。迷宮でも森の中でも、我ら冒険者パーティにとっては、互いの気遣いと信頼が何より重要なのです」

「私は冒険者ではない。神官だ。お前たちと一緒にするんじゃない。立場をわきまえろ」

クレック神官が吐き捨てるように言った。

上の人間には媚《こ》びへつらい、下の人間には強く出る。

それがクレックという人間だった。

「これは失礼いたしました」

年配の盗賊は、なおも笑みを崩さずに答える。

しかし冒険者パーティとクレックとの間にあった亀裂《きれつ》が、今の一言で完全な溝《みぞ》に変わったのは、誰が見ても明らかだった。

気付いていないとしたら、冒険者たちをこき使うだけ使って、忠告には一切耳を貸さないクレックだけだ。

サガたち三人は、クレックの態度に愛想をつかしていた。

「では神官様のご希望通り、私は命の危険を冒《おか》して箱を開けさせていただきましょう」

「それが盗賊の職だろうからな」

クレックが素《そ》っ気《け》なく返す。

「あっちにあったのか？」

バログマは、魔力の気配を察知したロウブに確認した。

「あんた、大丈夫かい？」

ロウブが心配したように言うが、バログマはへらへらした様子で通路の先へ歩き出した。

「ああ、もちろんさ」

「待ちな。私が先に行く。今は気配がなくても、向こうから寄ってこないとも限らないからね」

「おお、すまないな」

そこでサガが口を開いた。

「いや、近くまでは全員で行こう」

それから、サガは当てつけのようにクレック神官に言った。

「よろしいですかね、神官様」

「ああ、近くまで行くのだな。いいだろう」

彼の頭の中は、パーティの安全より箱への興味でいっぱいだった。

ロウブが先頭に立って、通路を慎重に歩き始めた。

魔物が姿を見せることはなく、パーティは迷宮の箱の前にたどり着く。

「これが箱か」

「ええ」

盗賊が頷くと、クレックは落胆《らくたん》の表情を浮かべた。

彼の目には、鍵のかかった古臭い木箱にしか見えない。

もっと豪華で宝箱のようなものを想像していたクレックには、その箱のみすぼらしさばかりが目についたのだった。

「では今から開けますので、少し下がっててくださいな」

盗賊が言った。

「わしが罠を解除し損ねた場合、巻き添えを食らうことになりますからな」

冒険者たちは箱からすぐに距離をとった。

「クレック神官」

黙って箱を近くで見ていたクレックに再度バログマが声をかける。

「ああ。分かっている」

さすがに罠の巻き添えにあってはたまらぬという様子で、クレックはすぐに距離をとった。

「俺はこっちの通路を見る。ロウブは逆側を頼んだぞ」

サガが、通路の見張りを仲間に割り振った。

ロウブが配置に着いた後、バログマが迷宮の箱の前にしゃがみ込んだ。

そして箱の鍵穴に、針金のような魔法具を差し込む。

鍵穴から仄《ほの》かに光が漏れる。

しばらくすると、カチリと何かが嵌《はま》った音が迷宮の通路に響いた。

「開いたか？」

クレック神官が、いの一番に尋ねる。

自分の腰に着けた巾着袋《きんちゃくぶくろ》に魔法具をしまってから、バログマがクレックの方を振り向く。

そして、両手をこすり合わせた。

「ええ。わしの感覚に間違いがなければ。罠ではない、はず」

目をつぶって息を吐いてから、バログマが勢いよく箱を開けた。

箱の中には、アイテムが入っていた。

「おお……！」

そのアイテムは、赤い宝石が輝く、いかにも価値の高そうな腕輪だった。

盗賊が口を開く間もなく、クレックは感嘆の声を上げて腕輪を手に取った。

パーティの者は誰一人として、「迷宮で得られるアイテムの中には呪いがかかっているものがあり、安易に触れてはならない」という説明を口にしようとはしなかった。

クレックが手にしたアイテムの正体は、サガたちには分からない。彼らはただクレックが小躍りしているのを眺めていた。

性能が分からなくても、明らかに「貴重なお宝」と言える見た目をした腕輪を手に入れて、クレックは満足したようだった。

嬉しそうに、スキルで自分の部屋に飛ばす。

「よしよし……」

クレックはホクホクした様子で、冒険者たちに言った。

「探索を続けようではないか」

「……ええ」

サガは言葉少なに頷いて、先へ歩いていく。

迷宮探索は再開されたが、冒険者たちのクレックに対する不信感は、ますます募《つの》るばかりだった。

第四話　撤退と収穫

レンナ、オウゴ、そしてまだ幼いミケイオとマリニアの意思を確かめてから、俺——アルフは二階層へ続く階段を下りた。

迷宮に入ってきた時と同じように、真っ暗な下に向かって階段が伸びている。

俺の背後から光の粒がやってきて、その石段を優しく照らした。

聖蜂のスキルだ。

「ありがとう、レンナ」

俺が礼を言うと、彼女が微笑んで頷いた。

光の粒に守られながら、俺はゆっくりと石段を下った。

下まで到着して周りを見たら、通路が二つに分かれて伸びていた。

石造りの通路は、第一階層の時と何も変わらない。

魔法を使う感覚で、周囲の魔力の気配を探った。

曲がり角の先に得体の知れないものがわらわらと蠢いているのが分かったが、すぐにこちらを襲ってくる距離ではなさそうだ。

「よし」

見上げると、四人が石段の途中あたりでこちらを見ていた。

「大丈夫」

俺が頷くと、レンナを先頭にみんながゆっくりと下りてきた。

全員が下に来たのを確認してから、俺は第二階層の探索を始めた。

「ギギッ！」

「ギギギッ!!」

曲がり角から離れて待っていると、ややあって魔物が二体飛び出してきた。

名前　：ブラックゴブリン
属性　：迷宮に属する魔物
危険度：3
体力　：4
攻撃力：3
防御力：4
素早さ：4
魔力　：2
魔法耐性：2

先ほど蠢いていた反応は、ゴブリンたちだった。

うん、大した相手じゃないな。

念のため両方鑑定したが、二体にさしたる違いはない。

一階層から比べると、多少は強くなっているように思えるが、それでも倒すのが難しいというほどではなかった。

火魔法を発動させて、ドラゴンの形をイメージした。炎がゴブリン二体に勢いよく噛みつくと、魔物はあっという間に消滅した。

ゴブリンがいた後に残されたアイテムに、俺は鑑定を使う。

名前　：汚《よご》れた布切《ぬのき》れ
属性　：ドロップアイテム
希少度：1
状態　：通常

名前　：黒《くろ》いゴブリン石《いし》
属性　：ドロップアイテム
希少度：2
状態　：通常

どちらのアイテムも呪いがかかっていないことを確かめてから、『保管庫』にしまった。
その後、またすぐに魔物が飛び出してきたので、俺は再度鑑定を使った。

名前　：棘《とげ》ありダブルスライム
属性　：迷宮に属する魔物

危険度：2
体力：8
攻撃力：3
防御力：1
素早さ：2
魔力：1
魔法耐性：1

名前：八《や》つ足《あし》スコーピオン
属性：迷宮に属する魔物
危険度：3
体力：7
攻撃力：3
防御力：6
素早さ：2
魔力：1
魔法耐性：4

飛び出してくる魔物に注意しながら、慎重に先へ進んでいく。

レンナの聖蜂のスキルでも、魔物たちは問題なく制圧できた。

この調子なら、第二階層も問題なく進めそうだ。

途中、第一階層と異なる見た目の箱も見つけた。

名前　：迷宮の箱（魔法鉄《まほうてつ》）
属性　：迷宮アイテム
希少度：4
状態　：中に入っているものは不明

魔法鉄という、特殊な金属でできた箱だ。

鑑定スキルを駆使しても中を確認することができないので、一階層と同じく大人しくスルーしている。

俺たちのそもそもの目的は、宝を得て儲《もう》けることではなく、安全に迷宮の奥底までたどり着き、みんなと無事に帰ること。

今日は魔物をコツコツ倒して、明日再び潜る時にはスムーズに、安全に進めるようにと道を作ることが狙いだ。
迷宮の箱は放置しても害がないので、俺としても無暗に確認する必要はなかった。

名前　：ウォーターフロッグ
属性　：迷宮に属する魔物
危険度：3
体力　：11
攻撃力：7
防御力：4
素早さ：4
魔力　：2
魔法耐性：4

名前　：ダークベア
属性　：迷宮に属する魔物
危険度：3
体力　：17

攻撃力：7
防御力：5
素早さ：4
魔力：2
魔法耐性：2

水風船のような蛙《かえる》の魔物を強力な水魔法で倒し、悪《あ》しき雰囲気を漂わせた熊をレンナの聖蜂で動きを鈍《にぶ》らせてから風魔法で仕留めた。

探索は順調だ。

魔物との戦いも危なげなく進められている。

だが、敵が確実に強くなってきているのも明らかだった。

集中力が研ぎ澄まされていく。

怖い、という感覚はあまりなかった。

自分の中に宿っている魔法の力が、久々に役割を思い出して生き生きしているかのようだった。

周りの魔力の気配に関しても、第一階層の時よりもさらにはっきりと感じ取れる。

名前：ブゥア（迷宮型《めいきゅうがた》）

属性　：迷宮に属する魔物
危険度：4
体力　：22
攻撃力：9
防御力：5
素早さ：14
魔力　：6
魔法耐性：9

名前　：フレイムフラワー
属性　：迷宮に属する魔物
危険度：4
体力　：11
攻撃力：7
防御力：5
素早さ：7
魔力　：9

四属性の魔法を駆使して、地上の魔物とは似て非なる敵を蹴散らした。

魔力が少なくなってきたら、スキルを使って戦うことも考えていた。

レンナが持っている聖蜂のスキルは、『教会の守り人』という天職に与えられた固有スキルなので俺は使えない。

それでも、聖蜂のスキルほど使い勝手がいいわけではないが、聖火や聖水でも使い方を工夫すれば、いくらか攻撃魔法の代わりにはなるだろうと思っていた。

だが自分の中の魔力は、一向になくなる気配がなかった。

神学校にいた頃から、魔法の扱いと魔力の量については他を圧倒していると認められていた。

今までは、その才能のせいでやっかみを受けることもあったが、今回に限って言えば、その力がとても頼もしい。

「アルフ、アルフ」

レンナに肩を叩かれて、ばっと後ろを振り返る。

「ごめんなさい」

レンナが俺の反応に驚いて謝った。

「呼んでも聞こえてなかったみたいだったから……」

彼女の様子を見て、はっとした。

魔物が放つかすかな魔力の気配さえも見逃さないようにしようと、意識を集中させすぎていたようだ。

「こっちこそ、ごめん」

俺はふぅと息を吐いた。

「ちょっと、周囲の警戒ばかりでみんなに気を配れてなかった。ありがとう、呼んでくれて」

「うん」

レンナがほっとしたように頷いてから、小声で言う。

「アルフ。ミケイオとマリニアが……」

彼女のさらに後ろにオウゴたちがいたが、その間には少し距離ができていた。俺が先に進みすぎていたらしい。

最後尾のオウゴの前で、二人の兄妹が少しうつむき気味で立っていた。

俺は慌てて二人に駆け寄る。

「どうかした？」

俺が声をかけると二人ともぱっと顔を上げた。

マリニアは口元に笑みを浮かべたが、明らかにいつもの元気いっぱいな様子ではなかった。

「ううん、なんでもないよ……」

マリニアの様子がおかしいと感じた俺は、彼女に鑑定スキルを使う。

『鑑定する』

確認すると、すぐにその理由が分かった。

この空間の魔力が濃すぎるせいだ……！

魔力に満ちているこの地下空間は、日常的に生活している場とは大きく異なる。

日頃から魔法を使う俺や、大人のオウゴ、ミケイオたちよりは年齢が上のレンナにはそれほど影響はないようだが、幼い二人にはその影響が出ているようだ。

いわゆる『魔力酔い《まりょくよ》』と呼ばれる状態だ。珍しい現象だけど、魔力に耐性のない人が過度な魔力ポーションを飲んだり、強烈な魔力に触れたりした時に起こる。

その症状は、眠くなる、疲労感が増す、体が重く感じるといったものだ。

命にかかわるほどではないが、歩くことも大変だと感じているに違いない。

俺は、ミケイオたちに謝る。

「ごめんね、気付かなくて」

「ううん、いいの」

「アルフ兄ちゃん、頑張ってたから……」

マリニアが首を横に振り、ミケイオも半分閉じかけた瞼《まぶた》でそう呟いた。

俺は立ち上がり、レンナとオウゴの二人に魔力酔いのことを説明する。

深刻そうな顔をしていた二人だが、俺の説明で危険でないことが分かって少し安心したようだった。

「帰ろう」

俺の言葉に二人が頷く。

「分かった」

「ああ」

俺はミケイオとマリニアに再び視線を合わせて、頭を撫でた。

「ここまでよく頑張ったね」

幼い兄妹は強い眠気に朦朧《もうろう》としており、こちらの言葉はほとんど聞こえていないようだった。

俺は二人を両手で抱き寄せる。

「アルフ……」

レンナが気遣うように俺を見た。

「レンナ、周りの警戒をお願いしてもいい？　魔力の気配はもちろん掴めるようにするけど、二人を抱えたままだと前に立って戦闘するのは――」

すると分厚い手が伸びてきて、俺の両手から優しく二人を預かった。

オウゴだった。

「アルフもレンナも周りに集中した方が良いだろう」

オウゴは小さな兄妹を軽々と抱え上げた。

「オウゴ」

オウゴは微笑みながら言った。

「迷宮の探索を手伝ってもらいたいと頼まれた時には、何の役に立てるのだろうと思ったが、ようやく少しくらいは役に立てそうだ。この子らを抱えて帰るくらいなら、私にもできる。任せてくれ」

普段から、鬼人族の子らを相手にしているだけあって、オウゴの抱え方には安定感があった。

丈夫な腕の中で、ミケイオもマリニアもすやすやと眠っている。

「オウゴさん……」

レンナの表情には、鬼人族の長を心強く思う気持ちが表れていた。

「ありがとう、オウゴ。じゃあ、よろしくお願いします」

「ああ」

それから、俺はレンナに声をかける。

「レンナ、聖蜂を」

彼女はこくりと頷いてから、手の中から小さな光の粒を出現させた。

俺たちの——特にオウゴの周りを手厚く囲む。

数が増えた聖蜂たちは、通路の暗闇を生き生きと照らした。

「私が一番後ろを歩こうか？」

レンナが俺に提案する。

「そうだね。何か異変に気が付いたら、すぐに声をかけて。俺が気付かなかったら、さっきみたいに肩も叩いていていいからね」

「分かった」

クリーム色の髪を揺らして、レンナが最後尾へと回る。

先頭の俺と最後尾のレンナで、ミケイオ・マリニアを抱えたオウゴのことを挟む並びになった。

急なトラブルではあったけれど、二人との絆《きずな》を強く感じた。

まるで、苦楽をともにしてきた、本当の冒険者パーティみたいだ。

「行こう」

俺の言葉に、オウゴとレンナが力強く頷いた。

眠っているミケイオとマリニアの表情を見てから、俺は前を向く。

みんなと無事に、地上へと帰るという思いによって、さっきとは別の集中力が漲《みなぎ》った。

察知するべき気配は二つ。

一つは、今までと同じように通路の先に潜む迷宮の魔物の気配。

そしてもう一つは、これからの帰路にある自分が戦って残った魔力の痕跡《こんせき》だ。

ここにいる魔物の魔力は、迷宮の空気に混じっているものと同じ魔力で構成されているため、多少見分けがつきづらい。

だが、それと比べれば、自分が使った魔法によってこぼれた魔力をたどるのはそう難しいことではない。

俺たちはいくつかの分かれ道があるところまで戻ってきた。

うん。問題ない……

どちらが自分たちの歩いてきた道かは手にとるように分かった。

「グェー！」

濁《にご》った鳴き声が聞こえてくる。

蝙蝠《こうもり》のような翼をはばたかせた数匹の群れが、通路の上の方から向かってくる。

噛みつくものに飢えているかのように、鋭い歯が並ぶ口を大きく開いた。

『鑑定する』

名前　：イエローバット
属性　：迷宮に属する魔物
危険度：4
体力　：17
攻撃力：4
防御力：4

素早さ　：２８
魔力　　：１２
魔法耐性：７

俺は、風魔法で渦巻き状の突風を起こして、群れの全てを巻き込んだ。

パーティには決して近づかせない。

通路の壁にイエローバットの鳴き声が響くと、突風が消えた後にドロップアイテムだけが残った。

名前　：黄色《きいろ》い牙《きば》
属性　：ドロップアイテム
希少度：３
状態　：呪い（触れたものの魔力を奪う）

鑑定した後、俺は息を吐いた。

呪いだ……

魔物もアイテムも、しつこく鑑定を続けてきてよかった。

「アルフ？」

後ろにいたレンナが声をかけてきた。

「これには触らないでね。呪いがかかってる」

「呪い……」

オウゴが唸るように繰り返した。

ドロップしたアイテムは無理してまで集めるつもりはないが、もし呪いをまとったものを見つけたら、試してみたいことがあった。

『ここに、聖《せい》なる泉《いずみ》を』

聖水を出現させるおなじみのスキルだ。

この聖水は、水魔法で出現させる水と違って穢《けが》れを払い、呪いを解く力がある。

全ての呪いに効果があるかは分からないけど……

俺はスキルで出現させた水を黄色い牙にかけた。

「さて」

もう一度鑑定スキルを使って牙を確認すると、魔物が落とした五本の牙からはすっかり呪いが消え去っていた。

「よし」

これなら呪い付きのアイテムでも対処できそうだ。

収納スキルで『保管庫』に回収すると、横で見ていたレンナが目を丸くする。

「呪いは？」

「聖水をかけたから解けたよ。だからもう危険はない。ただ、今まで通り、すぐに触るのは気を付けた方がいいけどね」

「そうなんだ……！」

「ほう」

オウゴも興味深そうに呟く。

「もし解けない呪いがかかっているものがあったら、それは放置だけどね。よし戻ろう」

「うん！」

色濃く残る魔力の痕跡をたどりながら、俺たちは来た道を戻る。

この迷宮は、三日あれば完全に魔物も復活すると言われていた。

その話の通り、今のところ倒したばかりの道に魔物はいない。

こちらの気配を察して、別の道から俺たちを狙って寄って来る魔物はいるものの、それほど数は多くなかった。

「オォ……‼」

ふらつきながらこちらに向かってくる狼に鑑定を使う。

名前　：ゾンビハウンド

属性　：迷宮に属する魔物
危険度：3
体力　：18
攻撃力：14
防御力：8
素早さ：1
魔力　：7
魔法耐性：7

ゾンビハウンドが俺たちに近寄ってくる前に、渦巻《うずま》く炎で焼き払った。
後には奇妙な色の石が残る。

名前　：腐《くさ》ったゾンビ石《いし》
属性　：ドロップアイテム
希少度：3
状態　：普通

呪いがかかっているわけではなかったが、見た目があまりに汚かったので、試しに聖水で洗った。

表面がぬるぬるしていて気持ち悪い。

「うーん……」

「これも呪い？」

レンナが石を指さしながら聞いてきた。

「いや、スキルで鑑定してみた限り、これが通常の状態みたいなんだけど……」

俺の言い方がおかしかったのか、レンナはくすくすと笑った。

俺は綺麗にするのを諦めて、『保管庫』に収めた。

それからまもなくして、目的の場所までたどり着いた。

聖蜂たちが目の前の石の階段を照らす。

「よし……！」

上の空間の魔力がここよりも明らかに弱まっているのが肌で感じられた。

これを上れば、ひとまず危険の少ない第一階層に戻れる。

振り返ると、後ろには両手に幼い子を抱くオウゴの姿があった。

彼が俺の視線に気づいて首を傾げた。

「どうかしたか、アルフ」

「疲れてないですか」

オウゴは余裕のある笑みを浮かべて首を横に振った。

「心配ない。この程度のこと、訳ないぞ」

最後尾を務めてくれていたレンナが同意するように微笑む。

彼女の背後に意識を向けるが、そちらから魔物がやって来る気配はなかった。

「ありがとうございます。じゃあ、先に上りますね。上の安全が確認できたら合図しますので、それから上ってきてください」

二人が頷くのを確かめて、俺はゆっくり階段を進む。

温かい光で石段を照らす聖蜂に先導されながら、第一階層へと戻った。

階段付近に魔物がいないことを確認してから、俺は二階層にいるみんなを呼んだ。

オウゴに抱えられているミケイオとマリニアは、心なしかさっきよりもぐっすり眠っているように見えた。

「よし、行こう」

第一階層を歩きながら、俺は来た道を戻るために魔力の痕跡を確かめる。

意識を集中させたら、床、壁など至るところに残っているのが分かった。

通路をうろうろしている魔物が意気揚々と寄ってきた。

いっぺんに襲ってきたが、二階層の魔物との戦いを終えた後だと、手ごたえが全くないように感じられた。

この階層の魔物は――格段に弱い。

どちらの階層も自分の魔法で押しきれる点は変わらないが、二階層で戦っていた時は、明らかに威力や精度が高い攻撃が必要とされていた。

三体の魔物を倒し終えると、今度はその奥から小さな泥人形がペタペタとこちらに歩いてくる。

名前　：ベビーゴーレム
属性　：迷宮に属する魔物
危険度：1
体力　：3
攻撃力：1
防御力：6
素早さ：1
魔力　：1
魔法耐性：1

鑑定スキルでステータスを分析したが、第二階層の魔物との差は明らかだった。

遠くからゴーレムが俺たちをめがけてとてとてと歩いてくる。

「アルフ。スキル、試しておいてもいいかな？」

最後尾からレンナが言った。

レンナもそろそろ、迷宮の出口が近づいていると感じているのかもしれない。

だからその前に、魔物との戦闘の感覚を覚えておきたいのだろう。

「分かった。交代しよう」

最後尾に回り、俺はオウゴたちの守りを引き受けた。

レンナが、周囲に飛ばしていた聖蜂たちを、ゆっくり近づいてくるゴーレムに向かわせた。

パッとそれが弾けると、泥人形がその場でくたりと力を失った。

戦闘不能になったゴーレムが、そのまま迷宮に吸い込まれる。

「いい感じだ」

戦闘を終えたレンナを見て、俺は思わずそうこぼす。

彼女の瞳には、強い光が灯っているように見えた。

控えめで内気な性格のレンナだったが、この迷宮探索で自信がついたようだった。

「ありがとう」

晴れ晴れした笑顔をこちらに向ける彼女を見て、この迷宮探索で得たものは決して少なくないかもしれないと思った。

通路を歩くと、来た時と同じような魔物が近づいてくる。

名前　：スライム
属性　：迷宮に属する魔物
危険度：１
体力　：２
攻撃力：２
防御力：１
素早さ：２
魔力　：１
魔法耐性：１

念のため鑑定を欠かさずに進んだが、それでもほとんど立ち止まることはなかった。
流れるような動作で火の魔法を放って魔物を打ち倒した。
そして俺たちのパーティは、地上の隠し扉へ続く石段の前までたどり着いた。
「やった……！」
ゴールが見えたことに、レンナが喜びの声を上げた。
彼女を見ると、ほっとしたように笑っている。

「あっ、ごめんなさい」

俺と目が合った瞬間に、レンナは恥ずかしそうにした。

「ううん、俺も同じ気持ちだから」

迷宮の奥から魔物が来ないかを最後に確認して、俺たちは石段を上った。

迷宮探索の初日。

俺たちの成果は、全四階層のうち二階層までの到達だ。

大量のドロップアイテムを手にして、俺たちは無事脱出した。


「帰ったか」

石段のある小部屋から出て聖王の間に戻った俺たちに、聖王が声をかけてきた。

部屋の中央にはテーブルと椅子が置かれていて、聖王は老神官と向かい合うように座っていた。

テーブルの上には、見たことのあるボードゲームが置かれていた。

『魔女《まじょ》と抵抗者《ていこうしゃ》』と呼ばれ、俺とダテナさんが遊んでいたものだ。

俺たちが迷宮探索をしている間に、彼らはそれに興じていたようだ。

思うところはあったが、それを呑み込んで、俺は聖王に報告する。

「ただいま帰りました」

「どこまで到達した？」

間髪容《かんはつい》れずに、聖王が聞いてくる。

「第二階層までです」

「ほう」

聖王が盤の上の駒《こま》を動かした。

「ずいぶんと早いタイミングで切り上げてきたようだな」

「二日間で最深部までに到達すれば、過程は自由というお話でしたので」

俺が若干嫌味っぽく聞き返すと、聖王がぎろりとこちらに視線を向ける。

それから、ゆっくりと盤に目を戻した。

「ああ、それができるのなら、何の問題もない」

聖王が盤の上の駒を再び動かした。

「ご苦労だったな。また明日もよろしく頼むぞ」

眉一つ動かさずに労《ねぎら》う聖王に、俺は挨拶する。

「かしこまりました。それでは失礼いたします」

聖王が顎で示すと、老神官は頷いて席を立った。

「お送りしますよ」

鍵の束を取り出して、老神官が声をかける。

俺は振り返って「行こう」と二人に声をかけた。

聖王の前ということもあってか、レンナの顔は緊張で強張っていた。

一方でオウゴは、聖王のことなど視界に入れたくもないと言わんばかりに視線を落としている。

ともあれ俺たちは、迷宮からも聖王のいる大聖堂からも出ることができた。


イスムの教会へと向かう帰りの馬車の中で、ミケイオとマリニアが目を覚ました。

「アルフお兄ちゃん……」

「あれ、僕たち……」

マリニアとミケイオがぼんやりした顔で馬車の中を見た。

魔力酔いから覚めてきたようで、具合の悪そうな様子はなかった。

「大丈夫だよ。今、教会に帰ってるところだから」

「そう……」

俺が伝えると、二人とも安堵の笑みを浮かべた。

やがて馬車が教会の前に到着する。

「お帰りなさい、アルフ様！」

教会裏の畑にいたみんなが、俺たちを見るなり声をかけてくれた。

別棟の方の畑にも既に鬼人族の人たちが出ていて、こちらに手を振ってくれた。

馬車を降りると、集まった子供たちの後ろから一人の女性が近づいてきた。

俺はそこで、レンナたちに今日のお礼を言って別れてから、その女性の方を見た。

「おかえりなさい、アルフ」

人間の姿をした、この教会の女神様がにこりと笑った。

自分たちの居場所に帰ってこられたという実感が湧き、胸が温かくなる。

「ただいま帰りました」

リアヌンの隣を見ると、そこには見慣れない男性が立っていた。

「君がアルフ神官か」

その男はフードを被った姿で、遠方より都市パルムへとやってくる巡礼者《じゅんれいしゃ》の人たちの格好に似ていた。重々しい雰囲気のある人だった。

「ええ。はじめまして」

俺が挨拶を返すと、男性は頷きこちらをじっと見る。

「ああ」

厳しい顔つきで、瞳からは深い知性を感じる。

「えっと……」

どういった人かも分からず、俺は話を切り出すのに戸惑った。

隣にいたリアヌンがなぜかあたふたし始める。

「え、えっとね、アルフ。この人はその、私の知っている人で、さっきたまたまこの教会にやってきて……」

知り合い……？

彼女の慌てた様子と、知り合いという言葉で俺はなんとなく理解した。

いまだ慌てているリアヌンを一瞥《いちべつ》してから、男が話を続けた。

「名乗るほどの者ではないのだが。遠方よりこの辺りの教会を巡りにやってきた者だ。今はこの辺りを旅していてな。少し話を聞かせてもらってもいいかな、アルフ神官」

女神であるリアヌンの知り合いで、名前を名乗らない男。

おそらくこの人は――リアヌンと同じ、天界の住人なのだろう。

「……分かりました。では、中へ入られますか？」

「ありがとう」

厳かな佇《たたず》まいの男を連れて、俺はリアヌの聖院の中に入った。


教会の一室で、「旅人」だという男と話すことになった。

リアヌンが席に着くと、男が話し始める。

「パルムにある教会と人々との関わり合いに興味があってね。色々と見て回っているのだ」

「そうなんですね」

「そこで君の話を聞いた。パルムの正神官の中で、唯一街の外にある教会を任された若い神官がいると」

「ええ」

「そんな君に、ぜひこの教会での活動などを聞きたいと思ってね。こうしてやってきたんだ」

旅人の目には、真剣な色が浮かんでいた。

俺がリアヌンの方をちらと見ると、彼女が目配《めくば》せした。

話しても大丈夫だよと、俺に言っているようだった。

「分かりました」

俺は目の前の男に、この教会でやってきたことを話した。

聖王から与えられた『預言者』のスキルにより、この教会にいる女神の声を聞き、そこからイスムの教会の立て直しを始めたこと。

主に食べ物に関するスキルを彼女から授かって、ゴミの中で暮らしていたイスムの人たちの衣食住を改善できるように取り組んできたこと。

隣にいるのが女神だと知っていることについては……こちらからは話さなかった。

確かリアヌンが実体化した時に、あまり地上の者に知られるのはまずいと言っていたからだ。

深く尋ねられることもなかったため、男が気になっているのはそこではないようだった。

むしろ俺がやってきたこと、特に神力を使って何をなしえたか。また、教会の人々はどんな恩恵に与《あずか》っているのか。

男の質問はそこに集中していた。

そして尋ねる時の彼の目は、「単なる興味でそれを聞いている」と言うにはあまりに鋭かった。

試されてる気がする。

俺は早々にそんな雰囲気を感じ取った。

リアヌンの反応からして、おそらく彼が神であることは間違いないのだろう。

そして、「俺の働きぶり」と「この教会の在《あ》り方《かた》」について厳しい目で確認するのであれば……

神官としてちゃんと働いているかどうかを審査する人物……とか？

そんな推測をしながら、俺は話を終えた。


「色々と話してくれてありがとう」

旅人の男が俺に礼を言った。

話を終えて外に出ると、既に教会は暗くなり始めていた。

「よかったら、泊まっていかれますか？」

俺の提案に、男は首を横に振った。

「いや、遠慮しておこう。これから少し、向かいたいところがあるのでね」

「そうですか。分かりました」

夜は魔物が活発に動き回る時間帯だ。

これから徒歩でどこかへ向かうのだとしたら、近くの森からいつ魔物が飛び出てくるか分からず、それなりに危険なはず。

でも、俺の推測通り、彼がリアヌンと同じ天界の人なら、おそらく問題ないだろう。

「君と話せてよかった。おかげで、色々と分かったよ」

「いいえ。お役に立てたなら良かったです」

旅の人は、俺とリアヌンに一度お辞儀をすると、それからパルムがある方へと歩いていった。

「ふぅ」

彼の背中が見えなくなると、リアヌンが長く息を吐く。

「お疲れ様、アルフ」

それから俺のことを労ってくれた。

「えっ？」

「ほら……」

リアヌンがためらいがちに言う。

「さっきの人とのやりとりのこと」

俺は言葉を選びながら、尋ねる。

「ああ、うん。その、あんな受け答えでよかった？」

「ばっちりです！」

リアヌンが満面の笑みで言った。

「ならよかった」

女神様からそう言われたなら、大丈夫だろう。

「だって、アルフのやってきたことが間違ってるはずないもの」

リアヌンは呟くように言った。

さっきとはうってかわって穏やかな表情だ。

彼女は、教会とそこに集まる大勢の人たちを見ていた。

ちょうど畑仕事を切り上げてきた人たちが、充実した表情で笑い合っていた。

「そっか」

するとリアヌンは、はっと顔を上げた。

「どうかした？」

「ごめん、ちょっと……呼ばれちゃったみたい」

リアヌンが小さく上を指で示した。どうやら天界からの呼び出しらしい。

彼女が神であることについては、俺も深くは詮索《せんさく》していない。

普段の生活の中では、ふっと姿を見せなくなることがよくあったが、教会のみんなからは自由奔《じゆうほん》放《ぽう》な姫様として扱われているので、あまり不審には思われていないようだった。

「分かった。いってらっしゃい」

「いってきます！」

リアヌンが手を振って、教会の方へ走っていった。

天界への移動方法は知らないけれど、何か方法があるのだろう。

◆◆◆

天界から呼び出しを受けた私――リアヌンは、教会の中に駆け込んだ。

リアヌの聖院――自分の名が冠されているという点はちょっぴり恥ずかしいけれど――で教会の拡張ができるようになってから、この建物は日に日に部屋数を増やして、大きくなっている。

子供たちとのかくれんぼが楽しくできる広さだし……私にとっては、周りの人に見られずに天界へ移動できる便利なつくりでもあった。

長い廊下を歩き、誰にも使われていない部屋を見つけてから、周りを確認する。

周囲に人がいないことを確かめて、私はその中でトンと天界へ飛んだ。


目を開けると、いくつもの神殿が立ち並ぶ場所を神々が行き交っていた。

呼び出しがあったヤイピヌス神殿へ向かっていると、後ろから声をかけられる。

「奇遇だな、豊穣《ほうじょう》の神よ」

私に声をかけてきたのは、厳格の神のイデロフさんだった。

イスムの教会に旅人としてやってきた、先ほど会ったばかりの人物だ。

「あっ、イデロフさんにも呼び出しがあったのですか？」

「ああ、たった今な。しかしちょうどよいタイミングだった」

「えっ？」

「人間の足でイスムの教会から都市パルムまで歩くのはなかなかに骨が折れるからな」

「それなら泊まってくだされればよかったのに……」

「他の神が担当する教会で、そこまでしてもらうわけにはいかないさ」

イデロフさんが首を横に振った。

相変わらず堅い人だ。

「そうですか」

この後は料理人のダテナさんたちによる豪華な晩餐が待っているし、イデロフさんも一緒にいたらきっと楽しいと思うんだけど。

「さきほどはすまなかったな。突然、教会に押しかけるような真似をして」

「えっ、いえいえ。こちらこそ、大したお構いもできず……」

イデロフさんが生真面目に言う。

「イスム地区がリアヌ神の管轄《かんかつ》であることはもちろん分かっていたが……アルフ青年はパルムの正

神官でもあるからな。聖王から与えられた預言者スキルも持っているし、それが正しく使われているか、自分の目で確かめておく必要があると思った」

「ええ」

天界において、都市パルムの人間たちに対する評価が落ちているというのは上位の神々からも聞いていた。

『放任の神』の後任として抜擢《ばってき》されたイデロフさんも、色々と大変なのだろう。

「パルムでの調査ははかどっていますか？」

イデロフさんが渋い顔をする。

「ああ。調べれば調べるほど、スキルを悪用している神官たちばかりで驚いている。最初は個別で対応することも考えていたが、ここまで腐っているなら、根っこから断ち切らねばなるまい。もう少し調査を進めたら、上位の神々に報告して審判を下すつもりだ」

厳格の神らしい言葉だった。

「わぁ……そうなんですね」

「ああ」

イデロフさんはふぅとため息をついた。

「それにしても、人間となって下界で仕事をするのは制約が多くて大変だな。神としての力はほとんど使うことが許されていないし」

「そうですね」

イデロフさんが険しい表情で続ける。

「下界の秩序を壊さないようにという理由は分かるのだが。教え導いたり、スキルを与えたり……

そういった間接的な手助けしかできないというのは、なかなかに厄介だし、歯痒《はがゆ》いものがあるな。

いっそのこと、下界の者たちに神の力を直接行使できたら、どれだけ楽に救えるだろうかと思って
しまう」

イデロフさんの話を聞きながら、私は教会での生活を思い出す。

「ふふっ。でも楽しいですよね」

「楽しい？」

「下界におりていったら、たしかにほとんどの力が使えないですけど。でも人間たちと同じ目線で、
彼らと助け合ったり、喜びを分かち合ったりすることができるのは、すごく幸せなことだなぁっ
て……」

イデロフさんが、きょとんとした目でこちらを見ていた。

「あっ、そっか、ごめんなさい！　イデロフさんは調査で大変な思いをされているのに……」

「ふっ……」

えっ、イデロフさんが純粋に笑うところ、初めて見たかも。

「噂には聞いていたが、本当に変わった神なのだな。リアヌ神は」

「えっと……？」

「いや、失礼」

神殿が目の前に見えたからか、そこでイデロフさんが話を区切った。

「おそらく同時に呼び出されたということは、共同で報告して欲しいことがあるのだろうな」

「そう、ですね」

「報告が終わったら、君はしばらく天界にいるのか？」

「いえ、私はすぐに下界に戻ろうかと」

「ほぉ。仕事熱心だな」

「あ、いえ、そういうわけでは」

美味しいご馳走が待っているので……とは言えない。

「イデロフさんはしばらく天界におられるのですか？」

「まぁ、明日の朝くらいまでは天界にいようと思う。しかし降りるタイミングは自由だというのに、呼び出しがない限り天界に戻って来られないというのも、大変不便な制約だ……」

「ふふっ。そうですね」

ヤイピヌス神殿にたどりつき、建物に入る前にイデロフさんが思い出したように言った。

「ああ、そうだ。安心してくれ、豊穣の神よ」

「えっ？」

「君の教会にいるアルフ神官の仕事ぶりは、とても誠実なものだった。上位の神々には私からもそう報告されてもらおう」

「あっ、ありがとうございます！」

よかった。

アルフがこれまでに積み上げてきたことは、やっぱり間違いなかったんだ。

◆
◆
◆

迷宮の第二階層。

魔女ロウブの炎がゆらゆらと照らす通路を、クレックたちは歩いていた。

死角から複数の魔物が飛び出してくる。

「ハイエナの魔物だ！」

索敵《さくてき》に失敗して不意を突かれた魔女が、苦し紛《まぎ》れに叫ぶ。

サガが魔女を突き飛ばして先頭に躍り出た。

素早く剣を振るも彼の攻撃は浅く、敵にダメージを与えられなかった。

「くそっ！」

先頭のハイエナがサガに襲い掛かり、後続の者たちがパーティの後衛を狙う。

二匹のハイエナが喜々としてサガの体に噛みついた。

「ぐっ……」

彼の太い腕と脇腹に鋭い牙が喰い込んだ。

「うらぁぁぁ!!」

サガは痛みを上回る怒りで魔物の頭を殴って、剣で突き刺す。

「ヒンッ!」

剣士の反撃を食らった魔物が牙を緩めた。

「動くな!」

魔女が憎しみに満ちた声で魔法を放つと、蛇のようにハイエナに巻き付き動きを封じた。

一連のやりとりが行われる間、サガとロウブがさばききれなかった後続のハイエナがクレック神官に飛びつく。

クレック神官は、嵌めた指輪を使って魔法を発動した。

「キャインッ」

指輪から現れた魔法の盾がハイエナを弾いた。

神官はよろけながら、後ろにいたバログマに命じる。

「前に出ろ!」

「分かってますよ」

盗賊が呟き、神官の前に出た。

光の盾に弾かれたハイエナが、いつでも飛びかかれるような体勢をとっている。

バログマは両手のナイフを振り回して、ハイエナが前に出てこないように押しとどめた。

そしてそのまま華麗《かれい》なナイフ捌《さば》きでハイエナの急所を切り裂き、魔物を光へと変えていった。

神官は礼も言わずに、ハイエナがいた場所にあったドロップアイテムをかき集めて、移動のスキルで自室へと送り飛ばした。

パーティは、なんとか魔物の群れに勝利したが、その場に漂う空気には敗北に近いものがあった。

「痛みは平気かい？」

ロウブが確認しながら、サガの腕に治癒魔法《ちゆまほう》をかけた包帯を巻いた。

「ああ……」

傷口を塞ぐ程度の応急処置だが、これならハイエナが噛みついた傷を少しずつ時間をかけて癒せる。

だが、鋭い牙にえぐられた傷は深く、あくまで気休め程度の回復しか期待できなかった。

「おい、終わったら先へ進むぞ」

クレック神官がパーティへ向けて言った。

「いつまでもぐずぐずしていたら、先を越されてしまうかもしれんだろう」

しかめ面でそう言う彼に、ロウブが声をかける。

「神官様」

「なんだ」

「本日はそろそろ、引き返しませんか」

「……何？」

「我々はご覧の通り、第二階層の深い場所まで来ました。迷宮の魔物どもは、次第に手強《てごわ》くなり始めております」

「……」

クレックは無言で腕を組む。

「今回の探索には、二日の猶予《ゆうよ》をいただいています。一日目の探索としては、これで十分ではないでしょうか」

なおも、ロウブは撤退を促そうとするが、クレックは首を横に振った。

「迷宮は下の階層に行くほど、厄介になるのだろう？　であれば、これからはより時間がかかるかもしれんからな」

クレック神官はそこで話を切って、包帯が巻かれた腕に陰湿《いんしつ》な視線を向けた。

「現状で苦戦するようであれば、なおさら引き返す余裕などないように思うが。違うか？」

「それは……」

「おっしゃる通りです」

腰を下ろしていたサガが立ち上がった。

「我々程度の実力では、二日の時間などないに等しい」

彼の口元が自虐的《じぎゃくてき》に歪む。

「止まることなく、進み続けましょう」

サガが神官の正面に立って、神官を見下ろした。

「たとえ、何があろうとも」

その目には異様な光が灯っていた。


人が変わったようになったサガと迷宮を進むと、巨大な黒い魔物が正面から猛然と駆けてきた。

「ダークベアが二体！」

いち早く気が付いたロウブが、パーティに警戒を促す。

その声を聞くのも待たず、サガが前に出た。

「サガ！　そいつは爪が鋭いよ、気を付けな！」

ロウブが慌てたように叫ぶが、その言葉が終わらないうちにサガは交戦を始めていた。

大きく振り上げた剣で先頭の魔物をななめに斬りつける。

さらには二体目のダークベアも、強引に柄頭《つかがしら》で殴りつけた。

戦うというよりは、暴れるという表現が近い動きだ。

ロウブもバログマもサガの戦いぶりを呆然《ぼうぜん》と見つめていた。

いつもは寡黙《かもく》で冷静なパーティリーダーらしくない動きだった。

二体の獰猛《どうもう》な魔物を、サガは後衛に頼ることなく破壊した。

クレックは、その戦いぶりを気にすることなく、ネズミのようにちょろちょろと前に出ると、その場に落とされた黒い爪を拾い上げた。

分かれ道に差しかかり、ロウブが片方の道を選択して進もうとしたところで、もう一方の道の先をクレックが示した。

「おい、あれは迷宮の箱か?」

ロウブが出した魔法で辛うじて照らされている闇の先に、目敏く箱の影を見つけたようだった。

「……おや、そうでございますね」

ロウブは、たった今気が付いたという口ぶりで答える。

「魔物がいないか、確かめろ。取りに行くぞ」

「かしこまりました」

パーティが箱の置かれた道に進路を変える。

箱にたどり着くと、バログマが何も言わずに解除を始めた。

彼はここまでの探索で、見つけた箱の全てを漏れなく開けさせられていた。

宝の入った箱だけでなく、罠を疑いたくなる箱も中にはあったが、クレックの中に「盗賊の命を優先して、箱を素通りする」という選択肢はなかった。

だからこそ、バログマを危険に晒《さら》さないために、ロウブは箱の気配を察知すると、密かに違う道を選択していた。

だが、それでもクレックの目は誤魔化《ごまか》せなかったようだ。

バログマが淡々と箱の鍵を開ける。

目の前の銅でできた箱の中身が、アイテムか罠か、一か八かの賭け。

彼には判断がついていなかったが、もはや箱を開けるのに抵抗感はなくなりかけていた。

それは腹をくっているというわけではなく、ほとんど投げやりになっているというのが近かった。

サガの異変から、パーティ全体に異様な雰囲気が伝染しはじめていた。

箱の鍵穴から、カチリと何かの嵌る音がする。

「解除いたしました」

バログマが、両手に持っていた開錠用のアイテムをしまってからクレックを向いた。

「お開けしても？」

彼は諦めきった声で尋ねる。

このやり取りも何度交わしたか分からない。

「ああ。開けてくれ」

クレックが当たり前だと言わんばかりに答えながら、箱に近付いた。

バログマが小さく息を吐き、迷宮の箱を開くと――

箱の中から宝でなく槍が飛び出してきた。

バログマは、瞬時の判断で体をよじってそれを躱《かわ》した。

槍の先端が、顔を近づけていたクレックに向かっていく。

「なっ……！」

クレックが反射的にのけぞった。

箱から突き出してきた槍は、ぎりぎりの所で当たらなかったが、クレックは情けない悲鳴を漏らした。

「ヒッ」

盛大に尻もちをつくクレックを、後ろに下がっていたサガとロウブが冷めた目で見ていた。

「罠ですね。アイテムはありませんでした」

バログマは振り返って、クレックに報告した。

「これまでにお伝えした通り、迷宮の箱にはこの手の罠が張り巡らされたものがあります。下の階層に潜れば潜るほど、危険度は増しますし、罠の割合も多くなるでしょう」

「み、見分けられないのかっ」

「以前からお伝えしている通りです」

バログマが平坦な声音で続けた。

「百パーセントは保証できません。ある程度、罠の可能性があるというところまでは判断できますが、全てを開けることが前提なら、必然的に罠にかかることになります」

クレックが開いた箱から飛び出している槍を見た。

その鋭く光った先端を見て、クレックは震えた。

「神官様」

彼の背後から低い声がかかる。

振り返ると、残りのパーティの者たちが立っていた。

「先へ進んでよろしいですか？」

サガが冷たく言った。

「あ、ああ。もちろんだ」

クレックは動揺を押し殺して立ち上がった。

その後も、魔物は容赦《ようしゃ》なく襲い掛かってくる。

「フレアゴーレムだ、炎は私が封じるよ！」

ロウブの杖から放たれた魔法がゴーレムの炎を冷まして、弱体化した敵にサガが剣を振るう。

後ろから来た敵の報告をバログマが適度に行い、隙のない戦闘を繰り広げる。

パーティの面々は、それぞれの役割を全うした。

クレックはといえば、ドロップアイテムをひたすら拾い集めた。

迷宮の箱に遭遇した時も、常にバログマに開けさせ続けた。

だが、槍を引き当てた一件以来、確実に罠でないことが明らかになるまで、誰よりも離れた位置から解錠を見守るようになった。

バログマが開けた箱は三つあったが、槍が飛び出してきて以来、外れの箱は一つもなかった。

順調にアイテムを回収して、やがてパーティは第二階層の最奥へたどり着いた。


「下に続く石段です」

ロウブが魔法の炎で階段の存在を照らしながら、パーティメンバーに報告した。

「神官様、進みますか」

クレックは初めて返事に詰まった。

頭の中に浮かんだのは、第二階層で遭遇した敵の厄介さと箱から飛び出してきた槍だった。

特に自分を真っすぐ狙ってきた槍の先端が、彼の脳内にこびりついていた。

「ロウブ。気配を確かめろ」

サガが彼女に言った。

ロウブは驚いた顔でサガを見たが、当の本人は彼女に目を合わせず、クレックを見下ろした。

「進みますよね。神官様」

有無を言わせないようなサガの言葉が重く響いた。

第五話　最奥に眠るもの

リアヌの聖院に内設された大浴場。

「ふぅ……」

俺はその湯船に浸かり、体を癒していた。

「大分、疲れてるみたいだな。アルフ」

隣を見ると、料理人のダテナさんがいた。

「そうでもないですよ」

俺が首を横に振ると、ダテナさんは口を開けて笑った。

「アルフらしいな、そう答えるのは」

どういう意味だろう？　と俺が首を傾げたら、ダテナさんは湯船から上がる湯気をぼんやりと見つめながら言った。

「あまり無理はするなよ。いや、無理するなといっても、何かと背負い込んじまう性分《しょうぶん》なんだろうが……まぁ、俺たちの前ぐらい、気を張らなくていいぞって話だな」

大浴場内に、子供たちの笑う声が聞こえてきた。

体を洗った人から順に湯船に浸かってくる。

皆、リラックスした表情を浮かべていた。

「ありがとうございます」

「礼には及ばないさ」

しばらくすると、ダテナさんが立ち上がった。

「さて。俺は先にあがって、夕食の仕上げをするとしよう。今日も、面白いものをたくさん用意したからな。期待しててくれ、アルフ」

「ええ」

それは楽しみだ。

夕食の話を聞いたら、急にお腹が空いてきた。

今夜は、どんなご馳走が待っているのだろうか。

俺も同じタイミングで湯船から出ようとすると、ダテナさんに止められた。

「何も気にせず、もう少しゆっくりした方がいい。自分じゃ気付いてないかもしれないが、いつにもまして、疲れを取った方がよさそうに見えるぞ」

「……分かりました」

俺は素直《すなお》に、頼れる料理人の言うことを聞くことにした。

迷宮探索と急な来客で溜まっていた疲れが見透かされたのかもしれない。

俺は、ほどよい温かさの湯の中で、のびのびとリラックスし続けた。


大浴場で一日の疲れをしっかりとった後、聖院の前に出たら豪華な晩餐が待っていた。

この時間だけは、活動時間が違う俺たちと鬼人族の両方が一堂に会することができる。

辺りが暗くなり、俺は聖火で火を灯した。

「さぁ、今日も召し上がれ」

ダテナさんと数人の料理人たちのおかげで、今夜もご馳走だった。

材料は、気まぐれな種によってとれる実が中心だ。

それらを、都市パルムで有名な料理人だった時代もある凄腕のダテナさんが調理する。

料理を愛する彼は研究熱心でもあり、そのメニューは美味しいだけでなく、毎回新しいものが作られている。

加えて、彼には『天職賦与』で授けられた、料理人らしいスキルがあった。

天職が『腕利《うでき》きの料理人《りょうりにん》』である彼のスキルは、「イメージした調味料や香辛料を取り出すことができる」というものだ。

気まぐれな種によって色々な種類の作物を揃えた上で、それらを用いるのが調味料を自由に使える研究熱心な料理家となれば、多彩で美味しい料理ができるのも当然の話だった。

大鍋には野菜に加えて、肉の代わりとなる実がいくつも浮かんでいる緑色のスープが入っていた。

異国情緒《いこくじょうちょ》のある香りは嗅ぐだけでよだれが出てくる。

これは明らかに、今晩はじめて出された新作料理だ。

向こうの焚火《たきび》では、野菜、肉の食感を持つ実が串刺しにされた料理が焼かれていた。

おお、これは何度か目にしたことがある定番の料理だな。

そう思って近づくと、これまでとは違う点に気付かされた。

表面にべっ甲色のタレが塗られていた。

これもかなり美味しそうだ。

果物の実がしっかりカットされて、大きな器《うつわ》に盛られていたのも目に入った。

ダテナさんたち料理人の指示を聞きつつ、皆で和《なご》やかに晩餐会のセッティングをする。

教会の周りで子供たちと遊んでいた小さな神狼たちも、近くに寄ってくる。

全員が集まって料理の準備が整ったら、料理前の祈りの時間だ。

「それでは恵みを与えてくださった女神、リアヌンに感謝を」

子供たちも含め、この祈りの時にはみんなが静かになる。

賢い神獣たちも、地面に体を伏せて、食事の時を大人しく待っている。

祈られる対象である女神のリアヌンが、祈る人々を穏やかな表情で見守っている。

祈りを終えると、俺たちは料理を作ってくれたダテナさんたちにお礼を伝える。

それから、食事の時間が始まった。

それぞれの小皿に取り分けたスープに口をつけると、胸にじんとくる優しい味だった。

スープに浮かぶ具材はたっぷりで、芋はホクホク、肉はほろほろでどれもスープの旨味を吸って美味しかった。

スープを飲み干したら、今度は野菜・肉の実が串刺しになっているものを一本もらい、聖火の焚火で適度に炙《あぶ》りながら、それを食べる。

表面に塗られたタレは、甘じょっぱい感じでこれまた美味しい。

俺はダテナさんが近くに来たのを見て話しかけた。

タレについて聞くと、自分の出身の村でよく使われていたものを固有スキルを使って再現したのだそうだ。

「なかなか、悪くない味だろう？」

ダテナさんは誇らしげに言った。

「んー！」

そんな会話をしている横で、食いしん坊の女神様が料理を堪能している声も聞こえてきた。

俺はだいぶ満足したところで、皿に盛られたフルーツを摘まんだり、周りにいる人たちと談笑したりした。

それから少し離れたところにいる神獣たちの様子を見に行く。

「ちゃんと食べてるかい？」

俺が近づいて声をかけると、彼らは元気よく吠えた。

幼い彼らはまだ十分な言語を持たないため、俺の預言者スキルを使っても会話はできない。

だが、彼らの長であった神狼の主が俺に授けた力によって、彼らの喜んでいる気持ちは自然と伝わってきた。

主に鬼人族の人たちが育てている畑でとれる肉の実。

ちびっ子狼たちは、それを無我夢中で食べていた。

彼らの毛を優しく撫でると、もっと撫でてと言わんばかりにこちらに体を寄せてきた。

しばらく神獣たちと戯《たわむ》れてから、片付けの手伝いをする。

といっても、使い終わった食器は『清める者』の人たちがテキパキ浄化して綺麗にしてくれるので、俺は『保管庫』スキルでそれらを回収するだけだ。

周りの人と談笑しながら清潔になった食器を収納していると、すぐに片付けは終了した。

イスムの聖院に戻り、祈りの間で夜の祈りを捧げる人。

その場にもう少し残って、談笑を楽しむ人。

食事の後は、皆が思い思いの時間を過ごし始めた。

――アルフ。

名前を呼ばれた気がして顔を上げると、遠くの方でイテカ・ラがじっとこっちを見ていた。

俺は彼のもとに近寄る。

イテカ・ラの隣には地面に体を伸ばしたルイノ・アもいた。

そして、二頭の神獣の間にはミケイオとマリニアの姿が。

彼らは神獣たちにぴったりと寄りそって、すっかり深い眠りに落ちていた。

——私たちのことを撫でていたら、いつの間にか眠っていたようだ。

イテカ・ラが俺に教えてくれる。

「そっか」

迷宮の探索で一生懸命頑張ってくれた二人だった。

「二人のこと、見ててくれてありがとう。預かるよ」

——ああ。

イテカ・ラとルイノ・アに礼を言って、俺は二人を抱きかかえる。

「おや、眠ってしまったのかい？」

振り返ると、ツィペット先生が立っていた。

「ええ、そうみたいです」

「手伝おう。寝室に運ぶんだね？」

「ありがとうございます」

ツィペット先生はそう言って、ミケイオのことを抱えてくれた。

「ずいぶんとお疲れのようだね」

眠っている二人を見て、先生が言う。

「そうですね」

俺は頷き、そこでハッと思い出した。

ツィペット先生に頼もうと思っていたことがあったのだ。

「あっ、そうだ。先生、このあと少しお時間ありますか？」

「おや。なんだい？」

先生は首を傾げた。


ミケイオとマリニアを彼らの寝室に送り届けた後、俺は先生を『教会主の間』に招き入れた。

先生の前で、俺は収納スキルからアイテムを取り出す。

迷宮の探索で持ち帰ったものだ。

「これは？」

迷宮探索を聖王に頼まれていることは言えないので、とりあえず手に入れた経緯は曖昧《あいまい》にして伝える。

「詳しくは言えないんですが……ある場所から持ち帰ったものです。先生はこれらがどんなものかお分かりですか？」

「ふむ」

眼鏡《めがね》の奥で、先生の目が光った。

「近くで見せてもらっても構わないかな？」

「ええ」

インプの角に、ゴブリン石。

ツィペット先生は、俺がテーブルに並べたドロップアイテムを手に取って、矯《た》めつ眇《すが》めつした。

ツィペット先生が納得したように頷いた。

「なるほど……」

「これがどのようなアイテムかは、大方推測がつくよ。それに、これを持ち帰ってきた君が、なかなか厄介な場所に行っているらしいこともね」

「……」

先生は、これらのアイテムが迷宮でしか得られない特別なものであることを察してくれたらしい。

「少しだけ私の考えを話してもいいかな。おっと、君は何も言わなくていい。私のひとりごとだと思って聞いていてくれ」

ツィペット先生は、テーブルの上のアイテムに目を移した。

「私の見立てによれば、ここにあるアイテムは普通の人では入ることすらできない『特別な場所』で入手されたものに見える。そしてさっき君は、『詳しいことは話せない』と言った。もしかしたら、誰かから秘密で依頼を受けて、その場所に立ち入っているのではないかな、と私は考えているよ。その誰かによって、口止めされているともね。そんなことができて、かつ『特別な場所』に誰かを立ち入らせられるんだったら、そこそこ権力のある人じゃないかな」

「……！」

俺が一言も話す必要もないまま、ツィペット先生がすらすらと言い当てる。

迷宮で取れたアイテムだと察してほしいとは思ったが、まさかここまで言い当てられるとは。

ツィペット先生は俺の表情を窺って、言葉を続けた。

「君との付き合いは決して短くないから、それなりに君の性格は知っているよ。アルフ・ギーベラートという人物は、金や宝に目が眩《くら》んで、危険な場所に足を踏み入れる人間ではない。となると、なんらかの断ることができない理由があって行かされていると考える方が自然だ」

普段の振舞いではどこかとぼけたところのある人だけれど、こうして真剣な話をするとよく分かる。先生がいかに頭の切れる人物であるのかが。

「そして君が、そう口止めされている中でもわざわざ私に入手したアイテムを見せたということは……これらを使って、私に何かして欲しいことがあるのかもしれないね」

先生がそう言って、いつも脇に抱えている分厚い魔法書をテーブルの上に置いた。

「可愛い教え子の頼みとあらば……いや、頼まれていなかったとしても、私としてはなんとか力になりたいと、張り切らざるを得ないね」

そして、本の表紙を何度か叩いた。

テーブルに置かれた本がひとりでに動き始めると、パラパラと勢いよく、ページがめくられていく。

しばらくすると、本はあるページを開いた状態でぴたりと動くのをやめた。

「さて、ギーベラートくん。私は今からここに書かれているようなことをやってみたいのだけど……付き合ってもらえるかな？」

開いたページの左上には、大きな飾り文字でこう書かれていた。

『ドロップアイテムの合成　精霊のレシピ』

俺はそれを見て、激しく頷いた。

まさしく俺が先生に頼もうと思っていたことだ。

「ええ、先生。よろしくお願いします」

先生はにこりと笑った。

「よし。それではまず、材料をそろえるとしよう。ギーベラートくん、君が入手してきたアイテムは、これで全部かい？」

「いえ、もう少しありますね……」

「どれ、見せてもらおうか」

俺はスキルで収納していた『保管庫』から、迷宮の魔物から得たドロップアイテムを全て取り出す。

広いテーブルが奇妙なアイテムでいっぱいになった。

「おぉ……！」

先生が驚きの声を上げた後、弾けるように笑った。

「えっ……」

「いや、失敬……なんと、こんなにも入手していたとはさすがに思わなくてね」

眼鏡の向こう側で、瞳が輝いている。

「これは合成のし甲斐《がい》がある……早速、準備を始めようじゃないか」

「はい！」

先生に従って、俺は教会主の間を出た。

「ドロップアイテムの合成について知っていることは？」

「ええと……」

神学校で習った知識を思い返そうとするが、俺もそれほど詳しくない。

「特殊な召喚魔法で、精霊を呼び出すと聞いた覚えがあります。彼らの力を借りることで、アイテムを合成できると」

「その通り。いや、一点訂正するならば、召喚魔法自体は、それほど特殊でも難しいわけではないんだ」

「そうなんですか」

「ああ。厄介なのは、彼らに捧げる供物《くもつ》をどう用意するかだね」

「供物、ですか？」

「言ってしまえば、彼らに支払う対価だよ。精霊は、世界を飛び回る風のように自由な存在だが、ただで仕事してくれるほど優しくはない」

先生が、やれやれといった口調で言う。

「何が必要なんですか？」

「例えば、人肉だね」

「えっ」

ぎょっとして見ると、先生はハハハと笑った。

「冗談だよ。そういう供物を好む精霊もいるにはいるけれど、そんな厄介な連中を呼び出す必要はない。とはいえ、それなりのものが必要なことは確かだ。くだらない供物じゃ、大した働きはしてくれないだろうからね」

それなりのもの……

「例えば、魔物の肉とかですか？」

「うん。一般的にはそういうものを供物にすることが多いね。でもこの教会には、もっと精霊の喜びそうなものがあるよ」

そう言うツィペット先生に連れられてきたのは畑だった。

「精霊が好むのは、自然の中で育ち、大地の力を蓄えているものだよ。要するに、我々、生き物が口にするような、生命の源となるものだな。その観点からすると」

先生が広大な畑を見回して、気まぐれの種から思い思いに育った作物たちに手を向けた。

「ここで育てられた作物なんか、もってこいだと思わないかい？」

「なるほど……！」

俺は状況を理解して『保管庫』からいくつかの実を取り出す。

「どんなものがいいですか？」

「ふむ。もちろん、それらでもいいけれど、せっかくならば収穫したばかりのものを使おうじゃないか」

先生はそう言って、別棟の方に広がっている畑を指差した。

これから眠りにつく本棟の人々とは対照的に、鬼人族の人たちが仕事を始めようとしていた。

「彼らは夜に種を植えて、夜に収穫しているんだよね？」

「ええ」

「よし。それなら、ギーベラートくん。あっちの畑から実をもらうことはできるかな？」

「大丈夫だと思います。行きましょう」

俺とツィペット先生が畑を訪れると、鬼人族の人たちが手を振ったり、笑いかけてくれたりした。

収穫を始めようとしている人たちに、「畑になっている実をいくつかもらいたい」と説明する。

「もちろんです、ぜひ持っていってください」

彼らは二つ返事で承諾してくれた。

「ありがとうございます」

彼らに礼を言ってから、俺はツィペット先生と、鬼人族の人たちが世話している畑の中に入った。

「うーむ、何度見ても惚《ほ》れ惚《ぼ》れする実《みの》りだねぇ……」

「そうですね」

月明かりの下、生い茂る緑の間を歩く。

ぷっくりと実った色とりどりの実から、精霊の供物になりそうなものを探した。

「どんなものがいいですか？」

「できれば、食い出のありそうなものがいいだろうね……もっと具体的に言うと、野菜や果物というよりは、肉の代わりになるような実かな」

先生は丸く熟れた実に触れて、その匂《う》いを嗅ぐ。

しかし思ったものと違ったのか、収穫はしなかった。

「なるほど」

畑には様々な実がなっているが、自分ではどれが先生の求める実なのかは判断できなかった。

鑑定スキルで一つひとつ確かめることもできるが、野菜らしい実も、肉の代わりとなる実も、全部を見て区別していくにはかなり時間がかかる。

だが「肉の代わりになる実」と聞いて、俺はすぐにある案を思いついた。

一度、畑から出て心の中で唱える。

『イテカ・ラ』

呼びかけると、すぐに神獣が駆けてきた。

――何かあったか、アルフ。

「ちょっと手伝ってもらいたいことがあって。今、いいかな？」

――ふむ。どんなことだ？

俺は、イテカラにちょっとした仕事を頼んだ。


「おぉ……確かにこれなら、あっという間だ」

先生の前に、美味しそうな実が集まっていく。

それを運んでくるのは、鼻が利き、「肉の代わりとなる実」を大好物とする神獣たちだ。

俺はそれを思い出して、普段からこの実を食べるイテカ・ラたちに実の選別を頼んだのだった。

「どれくらい集めればいいですか？」

「そうだな……うん、この子が持ってきた分くらいまであれば十分かな」

大きな神獣が持ってきた実を指さして、先生は言った。

「分かりました」

『ありがとう、もう大丈夫だよ』

俺が神狼の主としての力を介して伝えると、みんなが集まってきた。

幼い子たちを含め、半分くらいの神獣たちはちょうど収穫した実を持ってくるところだったらしく、それをくわえて集まってきた。

「手伝ってくれてありがとう。俺たちに必要な分は集まったから……残りは食べてもいいよ」

俺の言葉を聞いた神獣たちが、幼い子たちを筆頭にとても嬉しそうに食べ始めた。

神獣たちに礼を言ってから、先生の指示に従って地面に全てのアイテムと、さっき集めた実を並べた。

そしてその真ん中には、厨房から借りてきた鍋がある。

その中に入れた水を、火魔法で沸かせば準備は完了だ。

「それじゃあ、始めるよ」

「ええ、お願いします」

先生はコホンと咳払いすると、魔法書を地面に置いて古代語を唱え始める。

すると魔法書に描かれた魔法陣から、人型の湯気のようなものが現れた。

『精霊だ……』

先生が、まるで歌うように古代語を唱え続ける。

そのたびにまた新たな精霊たちが、次々と姿を現した。

その精霊が古代語を唱える先生の方に手を伸ばして、先生の魔力と戯れる。

先生が軽く腕を振ると、地面に並べた肉の実とアイテムが、ふわっと浮いて、ひとりでに鍋の中に飛び込んでいった。

ぶくぶくと沸騰《ふっとう》する水が渦を巻き始める。

『求《もと》める物《もの》を与《あた》え給《たま》え』

長く唱えていた古代語を、先生はその一言で締めくくって鍋の下の火を消す。

「終わったの？」

幼い声がする方を見ると、小さな鬼の子があどけない目をこちらに向けていた。

先生が見せた精霊を呼ぶ魔法は、いつの間にか多くの鬼人の観客に見守られていた。

「そうだね」

先生はずれていた眼鏡を押し上げ、微笑んでから鍋に近寄った。

「さぁ。精霊は何を作ってくれただろうね？」

先生が鍋の中から今しがた合成したアイテムを取り出した。


次の日の朝、聖王の間を訪れると、聖王は昨日と変わらぬ様子で玉座に腰かけていた。

「体は休められたか、若き神官よ」

「ええ」

俺は聖王の前に跪いて答える。

「よろしい。それではさっそく迷宮の探索を続けてもらおう」

その言葉で、俺たちの二日目の迷宮探索が始まった。

迷宮に入ると、スキルが使えるかどうか確かめるように、レンナははっきりと合言葉を唱えた。

「聖蜂を呼び出す」

小さな光の粒がさぁっと大量に現れ、俺たちの周りを優しい光で包んだ。

ミケイオとマリニアがそれを見て、ほっとした表情になる。

「じゃあ、行こうか」

俺はレンナたちの先頭に立って、暗い通路を歩き始めた。

昨日俺が魔物たちと戦ったことで散らばった魔力の痕跡は、まだしっかりと残っていた。

どんな状況であれ、一日はさすがに持つだろうと思ってはいたけれど、予想以上にはっきりと残っていたことに安心する。

これなら改めて魔力の痕跡を残していく必要もなさそうだ。

一日目に通った場所をそのままなぞって先へ進む。

魔物が復活するのに三日かかると聖王が言っていた通り、敵の気配は明らかに減っていた。

しばらくして、通路の脇道から魔物が寄ってきたので鑑定を使った。

名前　：グリーンツムリ

属性　　：迷宮に属する魔物
危険度：1
体力　：1
攻撃力：1
防御力：1
素早さ：1
魔力　：1
魔法耐性：3

殻《から》を被ったスライムのような魔物が、こちらがもどかしく感じるほど緩慢《かんまん》な動きで近寄ってくる。

弱い、そして、遅い。

俺たちの周りを浮かんでいた光の粒がざわざわと動き始めた。

レンナが、魔物に向けて聖蜂たちを向かわせようとしているようだ。

「待って、レンナ」

「えっ？」

「試したいことがあるんだ」

「分かった」

レンナはすぐに聖蜂たちをこちらに戻してくれた。

魔物がまだこちらまで到達するには時間がある。

俺が『保管庫』スキルでアイテムを取り出すと、マリニアが聞いてくる。

「それは何？」

「『精霊《せいれい》の塗《ぬ》り薬《ぐすり》』だよ。昨晩、みんなで持ち帰ったドロップアイテムを使って、ツィペット先生に作ってもらったんだ」

「へぇ……！」

ミケイオが興味津々な様子で、俺の手元の小瓶を見た。

小さな瓶の蓋《ふた》をあけると、その中には半透明のクリーム状のものが入っていた。

俺はそのクリームを自分の手のひらにつける。

すぐにじんわりと、手のひらの表面が温かくなるのを感じた。

「ミケイオ、マリニア」

俺が振り返ると、二人は俺のことを見上げた。

「ちょっと見ててね」

「うん」

「分かった！」

グリーンツムリはまだ通路の先をもたもたと進んでいる。

俺から魔物の方へ近づき、そちらに自分の手のひらを向けた。
クリームを塗った手のひらがじんと熱くなる。
そして手のひらから、俺が普段使っている魔法とは異なる何かが飛び出す。
それは、青い光の玉のようなものだった。
「わっ！」
背後で、マリニアが驚いた声が聞こえた。
飛び出した光の玉が直撃したグリーンツムリは、へなへなとその場に崩れ落ちる。
後には、魔物が背負っていた殻の一部のようなものが残った。
『鑑定する』

名前　：つむりの殻《から》
属性　：ドロップアイテム
希少度：1
状態　：通常

危険物でないことを確かめて、『保管庫』にしまったところを見計らい、レンナが声をかけてきた。
「倒したの？」

「うん」

そして、ミケイオとマリニアが目を輝かせて近寄ってくる。

「アルフ兄ちゃんの、新しい魔法？」

「見たことない魔法だった！」

「ううん、このアイテムの力なんだ」

俺は先ほどの小瓶を取り出して言った。

それから、俺はアイテムについてみんなに説明した。

ツィペット先生に合成してもらったものは、塗り薬に含まれた精霊の力を体内に取り込み、魔法のように敵にぶつけることができるアイテムだ。

「ミケイオ、マリニア、これ使ってみない？」

「いいの⁉」

マリニアが鼻息を荒くして言った。

スキルや魔法の類《たぐい》が大好きな二人にとって、嬉しいことだったらしい。

「でも、僕たちはまだ魔法を使っちゃだめなんだって、ツィペット先生が」

ミケイオがしょんぼりした様子で言った。

「大人になるまでは魔力が少ないから、魔法を無理に使うとよくないって」

「このアイテムは、魔力の代わりに精霊たちの力を使うから、大丈夫だよ」

「そうなの？」

「うん。これがあれば魔力を使わなくても精霊の力が身を守ってくれるからね」

俺が説明すると、二人の顔がぱぁっと明るくなった。

「使ってみる？」

「「うん！」」

俺は二人に、小瓶の中のクリームを見せた。

「このクリームを手に塗って、それを魔物に向けるんだ。そうすると、このアイテムが反応を起こして、精霊の力を借りることができるから」

「うん！」

マリニアが片目で瓶の中を覗きながら言った。

「効果は長く続かないから、次に魔物が現れたら塗ることにしようか」

「分かった！」

二人が嬉しそうに頷いた。

しばらく迷宮の中を歩くが、一日目にほとんど倒してしまったからか、なかなか魔物は見つからない。

できれば、この辺りで見つけたいんだけど……

第一階層で、かつできる限り浅い場所の魔物と遭遇したかった。

ミケイオとマリニアに戦ってもらうのだから、あまり強い魔物を相手にするのは難しいだろう。

ようやく、微かに魔物の気配を感じて、俺は進路を変えた。

「こっちへ行こう」

そして、一つの曲がり角から顔を出したところで魔物を発見した。

袋小路《ふくろこうじ》となっている道の先の天井付近に魔物が漂っていた。

名前　：ププゴースト
属性　：迷宮に属する魔物
危険度：1
体力　：1
攻撃力：1
防御力：1
素早さ：2
魔力　：1
魔法耐性：1

俺は鑑定でその魔物の実態を根こそぎ把握する。

素早く動いて、人を脅《おど》かすだけの魔物……か。

ミケイオとマリニアに試してもらうにはもってこいだな。

だが問題は……むしろ、あまりにも弱いことだ。

こちら——特に、俺が近づいていったら、すぐにでもぴゅーっと逃げられそうだ。

そうなっては、ちょっと困る。

「ミケイオ、マリニア」

俺は二人を呼び出して、説明する。

「あの魔物を倒してほしいんだけど、どうやらかなり臆病《おくびょう》な魔物らしくて、全員でいると近づいてこないみたいなんだ」

「えっ」

「じゃあ、どうするの?」

ミケイオとマリニアが困り顔でこちらを見た。

「二人だけで行ってみてくれる?」

二人の手にクリームを塗りながら、俺は伝える。

「鑑定した限りでは、脅かして、こけさせるくらいしか攻撃手段を持ってないから大丈夫。でも何かあったら、すぐに行くからね」

二人が頷いて、ゴーストへと向かっていく。

「追いかけた方がいい？」

「いや……大丈夫だと思う」

レンナの使うスキルは、魔力のようなはっきりとした気配は感じさせないけれど、それでもあの魔物が何かを察して逃げたら、また他を探さなければならない。

「直接的に攻撃できる手段がない魔物だから、ここは二人に任せたいな」

「分かった」

レンナは頷いた後、何かを察したように言った。

「あの二人に戦ってもらうことに何か意味がある……んだよね」

「ああ、そうなんだ」

俺はレンナとオウゴに説明した。

「昨日、探索の後半で二人が魔力酔いしていたことを覚えてる？」

「うん」

「精霊の力をちょっとでも体内に取り込めば、それが外部の魔力から体を守ってくれるらしい。あのクリームは本来、自分の体の魔力を消費せずに、魔物に対して攻撃できるっていう代物《しろもの》だけど……あれを使って精霊の力を何度か取り込めば、それが魔力酔い防止にもつながるらしくて」

ツィペット先生から聞いた情報を、俺はそのまま二人に伝えた。

「なるほど……」

オウゴが感心したように頷いた。

二人が慎重に魔物に近づくのが見えた。

天井の隅に固まっていたゴーストは、消え入るほどにわずかな魔力しかない魔物だから、もしかしたらミケイオとマリニアの二人だけでも逃げられてしまうかもしれない。

だが、ゴーストたちはミケイオたちの気配を察すると、素早く接近していた。

威圧するように取り囲むゴーストたちに、マリニアが肩をびくりと震わせたのが見えた。

「大丈夫だよ！　手を向けて！」

魔物を警戒させてはならないと思っていたのに、俺は思わず通路の角から身を乗り出して叫んでしまった。ゴーストたちが一斉にこちらを見る。

だがその瞬間、一体の魔物に青白い光がヒットした。

「よし！」

俺はまたしても声を出してしまった。

ミケイオの手からの光がゴーストを消し去った。

マリニアもぎゅっと目をつぶって一匹のゴーストに手を向けた。

彼女の手から、光が放たれる。それから二人は次々に、ゴーストたちに光の玉を当てた。

彼らの魔法から逃れた何匹かのゴーストがこちらに逃げてきたが、それらは俺が風魔法を使って消滅させた。

「大丈夫だった⁉」

俺は、放心状態の二人に声をかける。

はっと我に返る、ミケイオとマリニア。

「アルフ兄ちゃん！」

「できた！」

駆け寄ってきた二人を、俺はぎゅっと抱きしめた。

「よかった……！」

その後の探索でも、動きが鈍かったり攻撃性がほとんどなかったりなど危険でないと判断した魔物は、ミケイオとマリニアにクリームの力を借りて戦ってもらった。

二回くらい試せば魔力酔いの心配はないだろうと思ったけれど、二人があまりにも楽しそうだったので、危険のない魔物が出て来るたびに、彼らの手にクリームを塗って、魔物の相手を任せた。

レンナが聖蜂でうまくサポートしてくれることもあり、スライム程度の攻撃性を持った魔物なら二人でも楽に倒すことができた。

マンドラゴラという、歩く根っこみたいな魔物をみんなで協力して倒した後、最後尾のオウゴがどこかソワソワしているような気がして、声をかける。

「オウゴ、何か気になることでもありましたか？」

「いや……」

周囲にこれといって危険な気配はない。

だが、魔力とは別に何か鬼人族の長として感じ取ったものがあるのかもしれない。

すると、オウゴは俺が持っていた小瓶を指さした。

「その……私も……そのアイテムを使ってみてはだめだろうか」

「ん……？」

俺が首をかしげていると、マリニアが口を開いた。

「オウゴさんも、一緒に精霊の力、使う？」

鬼人族の長は、いつになく小さな声で恥ずかしそうに言う。

「う、うむ。私にもできるのなら、少し、使ってみたいと思って……」

ああ、そういうことか……！

そこでようやくオウゴがソワソワしていた原因が分かった。

ミケイオとマリニアの二人が楽しげに精霊の力を使う姿を見て、彼も使いたくなったらしい。

「じゃあ、次の魔物でいけそうなら試してみましょう」

「い、いいのか」

「もちろん。みんなで戦えるようになっておいた方が、これから安全ですしね」

「う、うむ」

それから俺たちは、第一階層を進みつつ魔物を探した。

次に出くわしたフレアスライムを倒したのは、オウゴの分厚い手から放たれた光だった。

魔法を使った経験ももちろんないオウゴは、自身の手から放たれた光を興味深げに見つめていた。

「ほぉ……」

俺はいつしか、自分が迷宮探索を楽しんでいることに気が付いた。

一階層の途中で、俺たちは迷宮の箱に出くわした。

名前　：迷宮の箱（木）
属性　：迷宮アイテム
希少度：3
状態　：中に入っているものは不明

「アルフ？　この箱は放っておくんだよね」

レンナは箱の前で立ち止まる俺に言った。

「昨日はそうだったね。でも……ちょっと離れてて」

「分かった」

四人が離れたのを確認して、俺は『保管庫』からアイテムを取り出す。

青くて透明な、細長い氷柱のような物体。

これまた昨日、ツィペット先生に合成してもらったものだ。

「よし……」

そのアイテムを箱の鍵穴にそっと差し込んだ後、俺は箱から離れてみんなの前に立った。

カチッと箱から音が聞こえてきたと思ったら、その直後――

ガポッ。

箱が勢いよく開いた。

「わぁ！」

マリニアが声を上げる。

使ったアイテムは『精霊《せいれい》の万能鍵《ばんのうかぎ》』というもので、色々な鍵穴に形を変えて、それらを開錠してくれる優れものだった。

ひとりでに箱を開けてくれるので、罠にかかる危険性もない。

中に入っていたアイテムを入手して、俺たちは先へ先へと進んだ。

その後も、一日目にはなかった楽しさを感じながら、迷宮探索を進めていく。

そうして難なく魔物の少ない第一階層を突破し、第二階層へと足を踏み入れた。

◆　◆　◆

「おぉ、ようやく第四階層か……！」

クレックが叫んだ。

彼らの目の前には、下へと続く石の階段があった。

パーティの面々は、クレックに言葉を返すことなくその階段を下りていく。

三階層の魔物は、手練《てだ》れの冒険者たちをもってしても危険すぎる相手だった。

辛うじて死者は出なかったものの、戦いに参加していないクレック神官を除き、みんな疲弊《ひへい》しきっていた。

階段を下りた先には扉があった。

「なに、扉？　これは入って大丈夫なのか？」

クレックの言葉を無視して、先頭のサガが扉を開けた。

その先には、今までのような通路はなく、一室が広がっているだけだった。

クレックが部屋を見回しながら言う。

「もしや、ここが迷宮の最深部か……！」

床にも壁にも、絵や模様がびっしりと描かれていた。

そして部屋の中央には、紫色の壺《つぼ》が置かれている。

「あれが……宝！」

クレックが一目散に壺へと駆け出す。

だが壺にたどりつく直前で、床から炎が上がった。

「ヒッ！」

神官が尻もちをつく。

壺を囲む円状の模様が、微かに光っていた。

「魔法陣が隠されていたようですね、近づく者を阻《はば》むための」

後からゆっくりと歩いてきた魔女のロウブがそれを見て呟いた。

「くっ、それを早く言わないか！　他に罠のようなものはあるのか⁉」

「加えて、魔法が通用しないようになっております」

「魔法？」

「ええ。魔法陣が魔力を弾くようになっている。つまり生身で近づくことも許されないし、魔法で解決しようとすることも禁じているということでしょう」

「魔法……禁じられているのは、それだけか？」

「そのようですね」

彼女の言葉を聞いて、クレックはしばらく黙り、そして大きな声で笑い始めた。

「近づくことも許さず、魔法も効かない……そうか、それでこの私が、この迷宮に挑むように命じられたわけだ」

クレックはそう言って、壺に向けて自身のスキルを使った。

魔法陣は、魔力を含まないスキルの力は拒絶しなかった。

光が放たれた次の瞬間、紫の壺は、彼の手に収まっていた。

「ついに手に入れたぞ……！」

興奮に声を震わせながら、クレックが言った。

「帰りましょう」

サガは無感動に言って、入ってきた扉へ向かった。

「待て！　何やら声が聞こえる」

クレックが叫んだ。

扉へと向かった冒険者たちが、面倒臭そうにクレックの方を振り返る。

「声？」

「お前たちにも聞こえるだろう。何か言っている」

「何も聞こえませんが」

剣士がピシャリと返した。

「そうか、この壺からか……？」

クレック神官が持っていた壺に耳をあてた。

「開けて欲しい？　蓋をか」

ロウブが何かに気づいたように叫んだ。

「待ってください、何か良くないものが入っているやも……」

クレックはその忠告に耳を貸さず、壺の蓋を開けた。

中から飛び出してきたのは、紫の煙のようなもの。

「ああ、聖王の言う通り！　本当に俺様の封印を解く者が現れた！」

壺から現れた魔人が高らかに笑う。

そして、壺を抱えたまま呆然としているクレックを見た。

「ふむ。お前が私の封印を解いてくれたのだな。忌々《いまいま》しき魔法陣から出してくれた上に、壺の蓋まで開けてくれるとは……少し礼をしてやらねばな」

あんぐりと口を開けて魔人を見つめるクレックの首に、魔人が手をかけた。

その瞬間、クレックが叫びながら地面に倒れた。

「ハハハハハ！　いいぞ！　復活したばかりで腹が減って仕方ない！　お前の魂の苦しみでこの俺様を満たしてくれ！」

魔人は笑い、クレックは苦しみ続けた。

冒険者たちには、目を見開いてそれを見ることしかできない。

しばらくして、魔人は急に笑うのをやめた——と思いきや、上を見た。

「やれやれ。そう急がなくてもよいではないか、聖王よ……」

魔人は苦しみのあまり意識を失っている神官を見た。

それから、その場に立ち尽くしている冒険者たちに目を移す。

「相手してやれぬのが残念だ。また会おう、愚かな魂たちよ」

そのまま魔人は部屋の天井に吸い込まれるようにして消えた。

サガが我に返る。

「帰らねば」

「待ちな。今の化け物の話を聞いただろう」

ロウブが引き留める。

「何？」

「どう考えても、あれは相当にやばい代物だ。しかもあの口ぶりでは、聖王は最初からあれの封印を解くつもりだったとみえる」

「あの様子では間違いなくそうじゃろうな。わしらは仕事を果たしたし、金も先に受け取っておる。ここは大人しく、ずらかるのが賢いかもしれんな」

倒れているクレックを見ながら、バログマも言った。

「だからと言って、どうする。この迷宮から出るならばあの聖王のもとに向かわざるを得ないだろう。それとも、あの化け物の危険を避けるために、このまま迷宮に潜り続けるとでもいうつもりか」

サガが声を荒らげた。

「私に考えがあるよ、サガ」

ロウブは一冊の魔法書を取り出すと、地面に置いて自身の杖で黒い表紙を叩いた。

「何をするつもりだ？」

サガが怪訝そうな顔でロウブを見る。

パラパラと勝手にページがめくれていった魔法書が、あるページでぴたりと止まった。

そこには魔法陣が描かれていた。

「私がここに精霊を呼び出す。その精霊の力を借りて、迷宮から脱出するだけでなく、できるだけこの街から遠い場所に運んでもらおうじゃないか」

「できるのか、そんなことが」

サガが目を見開いた。

「できるね。ただし条件がある」

「精霊に差し出す供物、じゃな？」

バログマが代わりに答える。

「そう。私たちを遠くへ運んでもらう代わりに、精霊に支払う対価が必要だ」

そう言って魔女は、気絶している神官を見た。

「ここまで散々ひどい目に遭わされたんだし、いいだろう。ロウブ、やってくれ」

サガは素っ気ない口調でそう言った。

ロウブが魔法陣から呼び出した精霊は、供物として差し出された肉を喜々として平らげた。

そして精霊の力で、冒険者たちは都市パルムから遠く離れた場所へ消えていったのだった。

◆　◆　◆

「最終階層まで来たね……」

俺——アルフは、石の階段を見下ろして言った。

「本当？」

レンナが後ろから聖蜂の光で暗闇を照らした。

階段の下には、扉が見えていた。

「うん。たぶん、あの扉の向こうが最深部だ」

「ようやくか……」

オウゴが息を吐くように言った。

俺はみんなの方を振り返った。

レンナ、オウゴ、ミケイオ、マリニア。

まさか本当にこのメンバーで、ここまで来られるとは。

いや、このメンバーだけじゃないな。

特に第三階層は、かなり厄介な敵が多かった。

その危険を限りなく抑えられたのは、ツィペット先生が合成してくれたアイテムのおかげだ。

精霊の力が宿ったアイテムは、ある時は魔物の視界を奪い、またある時は俺の魔法をより強力なものにした。

そして『精霊の万能鍵』は、道中にある迷宮の箱から強力な魔法具をもたらしてくれた。

自分たちの身代わりとなってくれる人形、一定時間魔物から気付かれにくくなるお香など。

消耗品も多かったが、そのおかげでピンチを切り抜けることができた。

そして迷宮で手に入れたばかりの魔法具が何であるのかを理解して、即座に使うことができたのは、リアヌンが授けてくれた鑑定スキルがあったからこそだ。

「アルフ？」

首を傾げるレンナの方を向いて、俺は頷いた。

「ありがとう。みんなのおかげで、ここまでたどり着けた」

レンナが微笑み、オウゴが深く頷いた。

「「うん！」」

二人の幼い兄妹も元気に応えてくれた。

彼らの表情からは、危険を乗り越えてきたゆえの自信のようなものが感じられた。

俺の中では、彼らが守るべき存在であることに変わりはないが、同時に「頼れる仲間」であるという感覚も強くなった。

「行こう、最下層へ」

階段の下まで来ると、俺はそこにあった重々しい扉をゆっくり開けた。


そこは、まるで祈りを捧げる神殿のような場所だった。

高い天井。そして壁一面に描かれた壁画。

その絵には、木になった実を収穫している人々や火を囲んで踊っている人々、天に向かって祈りを捧げている人々がいて、古くからの営《いとな》みを全て記しているようだった。

好奇心がうずいたが、余裕を持ってそれを見ている時間はなかった。

視界に飛び込んできたのは、黒く巨大な物体。

置物のように動かなかったが、それは黒いドラゴンだった。

眠っているらしく、今は目をつぶっている。

その姿に俺は息を呑んだ。

そしてスキルを使って確かめる。

『鑑定する』

その正体は、俺の予想通りのものだった。

「古代竜《こだいりゅう》だ……」

「古代竜？」

オウゴが反芻《はんすう》する。

「ええ。数百年前、この街に大きな災厄をもたらしたとされる古《いにしえ》の怪物……でも、本当にいただなんて……」

――誰かいるのか。

大きな口から唸り声が漏れた。

そしてゆっくりとドラゴンが目を開けた。

イテカ・ラたちと同じだ。

このドラゴンもまた、聖なる属性を持つ神獣だから、預言者スキルを持つ俺と言葉を交わすことができる。

「アルフ・ギーベラートという者です」

俺の言葉を聞くと、ドラゴンの目に驚きの色が見えた。

――ほう、私の言葉が分かるのか。

体を起こさぬまま、ドラゴンは言った。

「ええ。神から授かった力のおかげです」

「えっ」

背後でレンナの声がした。

「アルフお兄ちゃん、ドラゴンとお話しできるの⁉」

マリニアも驚いている。

「う、うん、そうみたい……」

レンナが困った口調で答える。

俺はドラゴンから目を離さずに、話を続けた。

「迷宮の最奥に眠るものを取りに来ました。それについてあなたは何かご存じですか？」

ドラゴンはじっと俺たちを見た。

そして次の瞬間――

その大きな瞳から涙がこぼれた。

――そうか、ようやく私が許される時が来たのか。

「許される……？」

――よく来てくれた、神の力を持つ者よ。そなたが望む宝なら、私の背中にある。さぁ、早くそれをとって、私をここから解放してくれ。

ドラゴンは、なおも涙を流しながら言う。

どういうことだろう。

「あの、すみません」

俺はドラゴンに尋ねた。

「我々は、ここにあるものを取りにきただけで、解放というのは知りません。一体、何のお話でしょうか」

目の前のドラゴンは言葉が通じており、理性的な存在だ。

鑑定スキルで確かめた通り、神獣であることは明らかだし、今も襲いかかってくるそぶりはない。

しかし伝説では……この古代竜は、魔人とともに都市パルムを恐怖に陥《おとしい》れた存在だ。

俺は、地上で聞いていたものと目の前の存在があまり噛み合っていないような違和感を覚えた。

ドラゴンが再び俺の顔をじっと見た。

——本当に、何も知らぬというのか……？

「ええ」

何度か瞬きすると、ドラゴンの瞳に溜まった涙が地面に流れる。

——そうか。それならば、私の知っていることを話そう。

そうしてドラゴンは、静かに語り始めた。

「そういうことだったんですね……」

俺はドラゴンから話を聞いて、頷いた。

——ああ。

ドラゴンが深く息を吐いた。

「その話、彼らに伝えてもいいですか？」

俺は後ろにいるみんなを振り返った。

四人とも強張った表情でドラゴンを見ていた。

このような巨大生物を前にしては無理もない。

――どういうことだ？

「あなたの言葉を聞き取ることができるのは、私だけなんです」

――ああ、そうだったのか。もちろんだ。伝えてくれ。

「ありがとうございます」

目の前のドラゴンは知性を持った神獣だから怖がらなくていいよ、と前置きしつつ、俺はみんなに彼から聞いた話を語った。

大昔、このドラゴンはある強大な魔力を持った存在――魔人の口車にのせられて、この街を足掛かりに、世界を征服しようとした。

ところが、この街にいた六人の聖者がそれに気づき、すぐにその悪事を神に伝えた。

神は人々に祈りを捧げるように言うと、人々の祈りの力によってこの世界に干渉する力を得た。

そして聖者たちには、魔人を封印するための力が与えられた。

魔人は無事に封印されて、神とこの世界の人々との交流が始まった。

人々は感謝の祈りを捧げ、神はそれに応じて、人々に生活を豊かにするための力を与えた。

神獣であったドラゴンは、罰としてこの迷宮に閉じ込められた。

あまりにも強大な力を持つ魔人は何百年も封印して、弱らせることになった。

神は、この街の人々に祈り続けるように言った。

そうすればやがて、この魔人を破壊するだけのスキルを与えることができると。

一方でドラゴンは、封印を解く力を持つ者が現れるまで、地下迷宮の底で大人しくしておくように命じられた。

「じゃあこのドラゴンさんは……悪い子なの？」

俺の話を聞き、マリニアが難しい顔で言った。

「いや。今はもう、悪い子ではないと思うよ」

鑑定スキルで確かめた限り、このドラゴンはれっきとした、聖属性を持つ神獣だった。

もしまだ悪に染まっているのなら、多少なりとも邪《よこしま》なものが鑑定スキルで読み取れるはずだ。

俺はドラゴンを振り返った。

「お待たせしました。彼らにも聞いてもらいました」

――そうか。

「ええ」

――では、聖者アルフよ。私の背中に刺さっている『聖者の剣《せいじゃのけん》』を抜いてくれないだろうか。そうすれば、私の封印が解ける。私は罪を許され、神のもとに呼ばれるだろう。

「分かりました」

聖王が求めていたのは、おそらくこの剣のことだろう。

神からの啓示《けいじ》があったのだろうか、神獣を解放してよい時がやってきたと伝えられたのかもしれない。

「じゃあ、その剣を……」

俺がそう言って近づくと、突然ドラゴンが咆哮《ほうこう》した。

こちらに向かって噛みつこうとしてくるのを見て、レンナたちが驚く。

「きゃっ！」

「アルフお兄ちゃん！」

――聖者よ、近づいてはならぬ！

ドラゴンが忠告した。

「どういうことですか？」

――下を見てくれ。

ドラゴンに言われて床に目を向けると、そこには壁と同様に何かが描かれていた。

さっきまでただの装飾だと思い気にも留めなかったが、描かれているものが壁画とは明らかに違うことに気付く。

文字や記号、ただの飾り模様にしては複雑だ。

魔力が込められた魔法陣なら、すぐにその気配で分かりそうなものだが……

——聖者たちのスキルで作られている。

「えっ」

——その中に何者かが足を踏み入れた時、私の体がその侵入者を襲うように仕向けられているのだ。簡単に封印が解かれないように。私の意思では、それに逆らうことはできない。

「では、どうすれば……？」

——スキルだ。神から授けられた力を持つ者だけが、私に近づいて封印を解くことを許されているのだ。ここへ来ることができたということは、私を抑えるための力を与えられたはず。それを使って、私の動きを止めるのだ。

「いや……」

聖王からは、特別何のスキルも与えられていない。

いや、神学校の卒業時にもらった預言者スキルをカウントするなら、一つあることになるが、迷宮に行く準備としてではない。

ドラゴンと話すことができているのを考えると、このスキルも役には立っているんだけど。

——どうした？

「あなたの意思では、体を動かさないようにすることはできないんですよね？」

——ああ。剣を抜くまで大人しくしてやりたいところだが、それはできない。

となると、預言者スキルで話し合ったところで、このドラゴンを押さえられない。

「スキルの力だけが通用する……」

――ああ。何も使わずに近づこうとしても、魔法を使おうとしてもだめだ。どれほど強力な魔法であれ、私を押さえつけることはできないようになっている。神から、然《しか》るべきスキルを与えられた聖者だけが近づける……そのような仕組みになっているのだ。

「分かりました」

俺は後ろを振り返った。

「やっぱり、悪い子だった!?」

マリニアが不安そうな顔で俺に尋ねた。

俺はしゃがんで、彼女に視線を合わせる。

「ううん。今のはちょっと、俺が近づきすぎちゃったみたい。このドラゴンさんは、あんまり近くに寄りすぎると、体が勝手に動いちゃうらしいんだ」

「そうなの……？」

「うん。でももう教えてもらったから、大丈夫」

俺はマリニアとの話を終えて、レンナを見た。

「ドラゴンの背中に『聖者の剣』が刺さっているらしい。それを抜けば、彼の封印も解けるみたいだ」

「剣……でも、近づけないんじゃ……？」

「近づいたり魔法を使ったりはできないけれど、スキルなら効果があるらしい」

「えっ？」

「レンナの聖蜂スキルがあれば、背中の剣をとれるかもしれない。手伝ってくれる？」

彼女が凛《りん》とした表情で頷いた。

「分かった。『聖蜂を呼び出す』」

レンナの体から、小さな光の粒が大量に現れた。

俺はドラゴンに、そのスキルについて説明する。

――ふむ、確かにそのスキルなら……

「少しの間、眠るような状態になると思います。ですが、決して傷つけるスキルではありませんから。試してみてもいいですか？」

――ああ。気にせずやってくれ。

「ありがとうございます」

俺は振り返ってレンナに合図する。

彼女はこくりと頷くと、目をつぶって息を吐いた。

レンナの周りの聖蜂たちが、ドラゴンの方へ静かに飛んでいく。

ドラゴンは地面から動くことなく、近づいてくる光の粒を目だけで追っていた。

俺が近づいたときのような反応はなく、やはりスキルならドラゴンのことを刺激せずに済むのだと、改めて認識する。

「アルフ、いい？」

大量の聖蜂でドラゴンを囲んでから、レンナが確かめる。

「うん」

俺が頷くと、レンナは呟いた。

『聖蜂を送り返す』

ドラゴンを囲んだ光が、ぱちぱちと弾けて消えていく。

これまでの魔物とは、比べ物にならないほどの大きさ、そして魔力だから、数え切れないほどの聖蜂を使ってもドラゴンの表情に変化はない。

『聖蜂を呼び出す』

レンナはさらに聖蜂を呼び出した。

次々と生み出される光の粒が、巨大な神獣へと流れていく。

彼女は、その後もしばらく美しい光を生み出し続けた。

「あ……」

無数の光の中で、俺は変化に気が付いた。

「眠ってる……？」

マリニアも俺の陰から覗いている。

「あとちょっと……！」

ミケイオが囁くような声で応援した。

ドラゴンの重そうな瞼がゆっくりと下がっていき――

やがて完全に閉じられた。

「でき……た……？」

隣を見ると、両手をあげたままレンナが呆然とドラゴンを見つめていた。

「うん。成功だ。ありがとう、レンナ」

俺が笑みを向けると、彼女の頬にえくぼが浮かんだ。

「近づいてみる。ここで待っててね」

「「分かった！」」

ミケイオ、マリニアが元気よく返事した。

「気を付けてな、アルフ」

一番後ろで成り行きを見守っていた鬼人族の長が気遣わしげな声で心配してくれた。

「ありがとう、オウゴ。行ってきます」

俺はゆっくりと足を踏み出した。

先ほどはうかつに侵入してしまった、ドラゴンを囲む円状の模様。

瞼を閉じているドラゴンを凝視しながら、その模様の中に足を踏み入れる。

いけた……！

ドラゴンの動きに変化は見られない。

俺は慎重に、巨大な黒い神獣へ向かって一歩ずつ歩を進めた。

近くで見ると、その大きさはかなりのものだ。

聖者の剣は、背中か……ドラゴンの体を見上げる。

どこからか、彼の胴体に上る必要があるだろう。

再び顔を見るが、問題なく完全に意識を失っているように見える。

俺は、ドラゴンの背に上るために正面から脇腹の方に向かった。

だがその時、俺は魔力の気配を感じた。

「なんてことだ……」

ドラゴンが襲いかかってきた時、聖者のスキルを宿した模様が床に描かれていると説明された。

だが描かれているのは、それだけではなかったのだ。

その模様の内側——ドラゴンにより近い位置に描かれていた魔法陣を俺は足元に見つけた。

描かれている文字や記号はかなり古いものだ。

だが、魔力の雰囲気から、それがどのような効力を持つものなのかは大方分かった。

「魔力を弾くためのもの……」

「どんな魔法も効かない」と言っていたのは、神獣自体に強い魔法耐性があるからだと思ったが、この魔法陣のことでもあったらしい。

別にこれ以上魔法を使ってドラゴンを抑えつけるつもりはないから、魔法が効かないことは構わないのだが、新たな問題が生まれた。

「これ、入れないんじゃ……」

魔法陣の力で、目に見えない障壁ができている。

内側に踏み入ろうとしても、靴のつま先が空中の壁に遮《さえぎ》られた。

手を伸ばしても同様の反応だった。

俺は見えない壁に両手をついて途方《とほう》に暮れた。

「やっぱり……どうすればいいんだ、これ……」

魔法陣の目的は、ドラゴンの話からすれば魔法を弾くのが本来の意図なのだろう。

だが守りを強力にする狙いからか、魔力に対して強い締め付けを行っていた。

そのせいで、魔力を持つ俺まで弾かれている。

見たところ、俺の持っている魔力に対して反応して、防御壁を築いているらしい。

ドラゴンはもう目と鼻の先で、せっかくレンナの聖蜂スキルが効いている絶好のチャンスだというのに。

「……ん？」

そのとき、何かが引っかかった。

その場で思考を巡らせていると、名前を呼ばれる。

「アルフ？　大丈夫？」

レンナの声は、ドラゴンを起こさないように配慮してか、辛うじてこちらに届く程度の音量だった。

「うん」

彼女の隣にいる三人も、俺の方を見ている。

ミケイオ、マリニア、オウゴ。

俺含め、およそ迷宮に入るパーティとは思えない人員で、最深部まで来てしまった。

そして最深部にいるドラゴンも、レンナの聖蜂スキルのおかげで眠らせることができて……

「そうだ……」

このパーティは未来を読むことのできる男によって選ばれた。そして、その予見通りに俺たちは迷宮の最深部までやってきた。

あのアイテムが、本当に未来を見通していたのなら。

「このパーティだからこそ、剣を得る方法がある？」

ここにいる誰よりも魔法の扱いに長けていたツィペット先生が選ばれなかったこと。

そしてドラゴンを隔てている、魔法陣。

「そういうことか……」

俺はようやく気が付いた。

通常迷宮に連れてくることなどありえない、魔力をほとんど持たない人だったら？

「オウゴ、こっちに来てくれますか？」

「分かった」

オウゴは頷き、迷うことなくこちらにやってきた。

「何かあったのか」

「俺はここから先に入ることができません」

手を出して、オウゴの前で実践する。

魔法陣の生み出す透明な壁が、先ほどと同じように俺を阻んだ。

「どうやら、俺の魔力に反応しているみたいなんです。もしかしたら、オウゴならいけるかもしれないと思って……」

「なるほど」

オウゴが迷わず手を伸ばした。

そして壁に差し掛かっても、魔力とは縁遠い生活を送っている彼の手に、魔法陣は反応しなかった。

オウゴは難なく魔法陣の内側に入ることができた。

「やっぱり……！」

「本当だ……この見えない壁は、私には効果がないようだな」

「ええ」

「どうすればいい？　アルフ」

「剣を抜いてきてもらえますか？　ドラゴンの話が本当であれば、彼の背中にあるはずです」

オウゴは目の前のドラゴンを見上げてから、再度こちらに目を向けた。

「分かった。やってみよう」

「お願いします」

オウゴが黒い巨体に近づく。

そうしてとうとう、ドラゴンの体に触れた。

すかさずドラゴンの目を確認するが、起きる様子はなかった。

ドラゴンの顔の前に、再びたくさんの光の粒が現れる。

レンナの方を見ると、こくりと彼女が頷いた。

神獣が目を覚ましそうになった時に備えてくれたらしい。

俺も彼女に頷き返した。

オウゴに視線を戻すと、彼は神獣の体に登りはじめた。

そしてあっという間に、背中の上に到着する。

祈るような気持ちでドラゴンの背を見上げていたら、オウゴがそこから顔を出した。

「剣を見つけた」

「本当ですか……!!」

「だが……」

オウゴはドラゴンの背の上を見ながら、首を横に振った。

「背中の棘に挟まっていて、一人では取り出せそうにない」

「なるほど……」

「もう何人か、手伝ってもらいたい」

そう言ってオウゴは、みんながいる方を見た。

つられてそちらを見ると、ミケイオとマリニアが顔を見合わせて真剣な表情で頷いた。

ドラゴンは依然《いぜん》として目を開ける様子はなく、その顔の前には聖蜂たちも構えている。

暴れ出す可能性がないのであれば……

「ミケイオ、マリニア」

二人は足音に気を遣いながら、俺のところに小走りでやってきた。

「これを登ればいいの？」

ミケイオがドラゴンを指さして言った。

「うん。いけそう？」

「うん」

「大丈夫！」

俺が問うと、二人は巨大な神獣を前にしてまだ圧倒されていたけれど、力強く頷いた。

「よし。じゃあ、まずは、向こう側に行けるか試してみよう」

「分かった！」

魔法陣とその外を隔《へだ》てる境目が途中にあることを伝えたが、二人の小さな手は透明な壁に触れることなく、魔法陣の向こう側へ通り抜けた。

「じゃあ、登ってきてくれるかな」

「うん」

「行ってくるね……！」

ドラゴンの上にいるオウゴがミケイオとマリニアを呼ぶ。

「こっちだ、二人とも」

二人はドラゴンの体に近づき、オウゴの指示通りに器用に登った。

ドラゴンの目をちらちらと確認しながら、俺は二人の姿を見守る。

ミケイオとマリニアの体が、ドラゴンの背に消えると、緊張は一段と高まった。

頼んだ、三人とも……！

どれほどの時間が経っただろうか。

ミケイオとマリニアの二人が、ドラゴンの上からひょこりと顔を覗かせた。

それからミケイオがくしゃりと笑う。

「あったよ！」

彼がマリニアと一緒に持ち上げて見せてくれたのは、古びた剣だった。

先にオウゴが下りてきて、小さな兄妹が下りるのを手伝った。

そうして三人が俺のもとへ戻ってくる。

「「アルフお兄ちゃん！」」

興奮した様子で、兄妹が俺のところに剣を渡しに来た。

「ありがとう、三人とも……！」

俺は彼らから聖者の剣を受け取った。

「よし。とにかく離れよう」

「ああ」

「「うん！」」

オウゴ、ミケイオ、マリニアとともに、ドラゴンから離れる。

床に描かれた模様の外に出たら安心だ。

「ありがとう、レンナ」

「うん」

聖蜂を絶やさず操ってくれていたレンナが、ほっと両手を下ろす。

そして、ドラゴンを見ていた彼女が「あっ」と驚きの声を上げた。

神獣の体が輝き出したのだ。

それは聖蜂の光とは違い、ドラゴン自身の体の中からあふれ出しているようだった。

眩《まばゆ》い光の中で、ドラゴンの形が曖昧になり、完全に見えなくなる。

やがて光がやむと、俺たちの前から、ドラゴンはいなくなっていた。

「いなくなっちゃった……」

マリニアが呟いた。

「きっと封印が解けて、神様のところへ帰ったんだよ」

神獣をこの場にとどめていた剣は、今俺が持っている。

数百年の時を経て、神獣は天界に戻ることを許されたのだろう。

「そうなんだ」

ミケイオもマリニアも、神獣がいたはずの場所を不思議そうに眺めていた。

「帰ろうか」

「「うん！」」

俺たちは扉を出て、迷宮の入口を目指した。

第六話　目覚め

聖王の間に、激しい怒声が響いた。

「聖王よ、どうなっている」

入ってきた男は厳格の神イデロフだった。

「何の話だ」

突如として現れ、凄まじい剣幕で怒る神を目の前にしても、聖王は眉一つ動かさなかった。

「とぼけるでない！　この街のスキルは調べさせてもらったぞ。ずいぶんと酷い使われ方をしているではないか」

「……」

「天界の神々にも既に報告を済ませた。どの神も、もはや放任していてよい状態ではないと憂えておる」

厳格の神が杖を突き出して聖王を指す。

「一度、この街の全てのスキルを預からせてもらうぞ」

「ふむ……」

「言い訳はできぬぞ。もう長い間、この街の神はお前たちが心変わりすることを待っていた。しかしその期待に、お前たちは一切応えなかったのだからな」

厳格の神がさっと腕を振ると、部屋の中にスキルの玉が浮かび上がった。

その玉の光が、イデロフの手に吸い込まれていく。

聖王は自らの杖を弄《もてあそ》びながら、ぶつぶつと呟いた。

「聖者の剣が間に合わなかった以上、スキルは必要ない。古代竜を操るスキルは、どのみちあの剣による封印が解けていなければ発動しないのだから……」

全てのスキルを回収し終えた厳格の神が問う。

「……何か言ったか？」

「ククク……」

聖王は口元を歪め、その笑いが一段と大きくなる。

「ハッハッハッハッハッ!!」

厳格の神は、眉間の皺を深くして問い詰める。

「何がおかしい！」

「さぁ、魔人よ。その力を存分に発揮するがいい！」

「魔人だと!?」

聖王の全身からおぞましい闇が噴き出し、その手から杖が離れた。

杖が矢のように宙を飛び、深々とイデロフの胸に突き刺さる。

「ガッ」

「ハハハハハハハハ‼」

杖から溢れ出る闇が厳格の神を蝕《むしば》む。

「ウウウ……」

イデロフは目をむき、全身を震わせながらも、両足で踏ん張った。

「どうした、抵抗するがいい！　神なのだろう！」

聖王が勝ち誇ったように叫ぶと同時に、闇の中から魔人が姿を現す。

「哀《あわ》れだな、神よ。そのようなか弱い人間の姿でのこのこ地上になんぞおりてくるから……」

魔人の手がイデロフの首にかかった。

「死よりも美しいものを見せてやろうぞ」

「ウァァァァ！」

イデロフが地面に崩れ落ち、のたうち回った。

彼の魂から溢れ出る、苦痛、悲しみ、全ての負の感情を吸収して、闇が次第に力を増していく。

その絶叫は、歩み寄ってきた聖王が杖を引き抜くまで続いた。

「魔人よ、遊びは終わりだ」

「なんだ。せっかく面白いところだというのに」

人の姿をした神は、虫の息で床に横たわっていた。

「こんな弱者一人の魂をいたぶったところで、大した力は得られんだろう」

聖王の言葉に、魔人は無言でにやりと笑った。

「魔人よ、外へ出るぞ。我が街にある魂、全て好きにするがいい！」

「クク……それでこそ、この街の王だ！」

◆　◆　◆

石段を上り終え、俺たちは迷宮の外に出た。

「出られた……！」

レンナがほっとしたように笑った。

俺たちは大きな絵が飾られた小部屋を後にして、そのまま聖王の間に戻るが……そこは静まり返っていた。

聖王の玉座には、誰も座っていない。

「アルフお兄ちゃん、あれ！」

マリニアが声を上げる。

「えっ？」

彼女の指さした先に人が倒れていた。

俺は慌ててその人に駆け寄る。

「あなたは……」

入口扉の前で倒れていたのは、以前教会までやってきた旅人だった。

「大丈夫ですか！」

胸から血を流している。

『傷を癒す』

スキルの合言葉を唱えると、青白い光が俺の手から放たれた。

神から授かりし力が、男の傷口をみるみるうちに塞ぐ。

「うう……」

「聞こえますか？」

旅人が少しうめいてから、ゆっくりと目を開けた。

焦点の合わぬ目が、次第に光を取り戻していく。

「アルフ……？」

「ええ、そうです」

「私は一体……」

体を起こしながら、周囲を見回す。

「どうして聖王の間にあなたが？」

旅人は俺が持つ『聖者の剣』を見て、目を細めた。

「その剣……」

それから彼は苦痛に顔をゆがめて胸をおさえた。

「まだ痛みますか」

スキルの力で、傷は癒えたはずだ。

だが旅人は、真っ青な顔で小刻みに震えると、荒く息を吐いた。

まるで何かに怯《おび》えているように。

「まずいことになった……」

「まずいこと？」

「魔人が復活した。聖王が封印を解いたのだ」

俺たちは急いで聖王の間から出た。

教会の入口まで続くいくつかの鍵つきの扉は、全て開け放たれていた。

まるで、誰かが慌ただしく出ていったことを示すかのように。

後ろからは旅人の男とレンナたちが一緒についてきた。

大聖堂から出ると、街の空気が一変していた。

なんだこれは……

強烈な魔力の気配が漂い、空には黒いものが広がっていた。
街中にある教会の鐘が鳴っていた。
異変を察知して、誰かが鳴らし始めたのだろう。
沈黙しているのは、聖王の命によって動く大聖堂の鐘だけだ。
鐘の音に混じって、激しい遠吠えが聞こえてくる。
その声にのった、彼らの感情もはっきりと伝わってくる。
――アルフ……アルフ……！
神獣たちが、俺の居場所を必死で探ろうとしていた。
『イテカ・ラ』
俺は自分の胸の中で、彼らに呼びかけた。
遠吠えがやみ、俺の気配を察知した彼らがこちらに向かってくるのが伝わった。
「アルフ？」
隣に立っていたレンナが、俺の顔を見る。
「うん。大丈夫」
俺は頷き、微笑んだ。
レンナも頷いたが、心配そうな様子は変わらなかった。
「なんてことを……」

旅人は空の黒い塊を見上げて呟いた。

「どうすれば魔人を封印できるか……あなたならご存じなのではないですか？」

旅人がはっとしたようにこちらを見る。

「君は私が何者であるのかを知っているのか」

「……おそらくは」

どこまで踏み込んでいいのか分からないが、今は一刻を争う。

そして地上のピンチに、神が目の前にいるなら、助けを求めない理由はない。

彼は難しい顔をしていたが、首を横に振った。

「仕方あるまい。後で私が上の者たちに怒られることにしよう」

そう小さい声で反省した後で、男が俺を見る。

「あまり深くは聞かないでくれ。だが私はおそらく君が思っている通りの存在だ」

「ええ」

話をしている間に、足音が近づいてきた。

神獣たちだ。

——アルフ！

「イテカ・ラ」

——何やら、空気がおかしい。この場を離れた方が良いように思うのだ。

「うん」

神獣たちは、森で魔物の狩りができるほど魔力の気配に鋭い。

彼らは俺以上に、街を覆う魔力の危険性を感じ取っているようだった。

「ここにいる人たちを乗せて、教会へ行ってくれ」

——アルフはどうするのだ？

「俺も後で向かうよ」

神獣は、憂いのある緑の瞳で俺のことをじっと見た。

「お願いだ、イテカ・ラ」

——……分かった。

「ありがとう」

俺はみんなの方を振り返る。

「神獣たちに乗ってください。彼らが、教会まで連れていってくれるから」

「分かった」

オウゴが頷き、「行こう」とミケイオとマリニアを促した。

「う、うん……」

幼い二人の兄妹は、俺たちの顔を不安そうに見回しながら、オウゴに続いた。

レンナは、黙って俺の顔を見ている。

「そうか……あの教会なら……！」

旅人が何かを思い出したように、顔を上げた。

「教会へ行こう、アルフ」

「ええ、彼らに乗ってください」

「違う、君も来るのだ」

「いいえ、俺は残ります。魔人を食い止めなくては……」

俺は首を横に振った。

しかし旅人は小さく微笑むと、俺の持つ剣を見ながら言う。

「私に策がある」

「えっ？」

「力を貸してほしい、神官よ」

旅人の目には、強い光が灯っていた。


神獣たちが、異様な魔力に包まれる街を駆ける。

街の通りには、ほとんど人がいなかった。

教会の鐘の音によって、すでに多くの人が屋内に避難しているようだ。

この異常事態に、神官も含めた街の人々は聖王の次の指示を待っていた。

教会や建物の窓や入口に立って空を見上げていた人が、俺たちに気付き、指をさしたり、何か言ったりしていた。

説明している時間はなく、そのまま神獣で駆け抜ける。

街の入口が近づくと、そこに門番が立っているのが見えた。

何人かの神官も集まって、話し合っている。

幸《さいわ》いにも、扉は閉じられていなかった。

緊急の鐘は鳴らされたものの、聖王からの指示もなく、対応を決めかねているらしい。

俺たちが近づくと、彼らは一斉にこちらを見た。

――つかまっておけ。

イテカ・ラが吠える。

「しっかりつかまって！」

俺は、他の神獣たちに乗っているみんなに、イテカ・ラの言葉を伝えた。

神獣たちは、出口付近に固まっていた人々を、華麗に飛び越えた。

何人かの神官が、腰を抜かしたように地面に尻もちをつく。

街を脱出した俺たちは、イスムの教会へ向けてひたすら走り続けた。

リアヌの聖院まで戻ってくると、本棟の前に人が集まっていた。

鬼人族の人たちも一緒だ。

彼らは皆、同じ方向を見ていた。

その視線の先には、都市パルムが位置する空に浮かぶ明らかに奇妙な黒いものがある。

「アルフ様！」

「アルフ様が帰って来られたぞ！」

集まっていた人たちが、駆け寄ってくる。

「アルフ様。あちらに怪しげな雲が……！」

「皆さん、教会の中に入ってください」

イテカ・ラから降りると、俺はみんなに指示を出す。

「大丈夫です。落ち着いて、広間の中に移動してください」

俺の言葉を受けると、みんなが口々にその言葉を他の人に伝えながら、スムーズに教会の中へ入っていった。

「何があったの？」

リアヌンが、俺と旅人の顔を真剣な表情で見る。

「魔人が復活した。聖王が体を明け渡したのだ」

「！」

目を見開くリアヌンに、旅人が言う。

「私に案がある。協力してくれ」

広間に集めた人々の前で、旅人が端的に説明する。

みんな真剣な表情で、旅人の言葉に耳を傾けていた。

「都市パルムにとても強力な魔物が現れた。それを退けるためにアルフ神官の——そしてこの教会にいる人々の力が必要だ。力を貸してもらいたい」

「どうすればいいですか」

青年のダーヤが尋ねた。

「祈りだ」

そう言って、旅人が広間の巨大な女神像を見上げる。

「この教会の女神に、祈りを捧げてほしい」

旅人の呼びかけによって、大広間で祈りが始まった。

みんな、目をつぶって一心に祈っている。

大きな女神像の前に、俺と旅人が立った。

「十分すぎるほどの神力だ」

女神像を見上げて、旅人がため息をつくように呟いた。

それから、俺の方に手を差し出す。

「アルフよ。受け取ってくれ」

「分かりました」

彼の手の中に、赤いスキルの玉が浮かぶ。

そのスキルの玉は、俺が触れると青くなった。

「合言葉を」

「ええ」

俺は頭に流れ込んでくるスキルのイメージとともに、合言葉を呟いた。

『古《ふる》き神獣《しんじゅう》を呼《よ》び寄《よ》せる』

その瞬間、目の前に大きな光が現れ、その中から唸るような低い声が響いた。

——こんなにも早く呼ばれることがあろうとはな。


「あっ！」

子供たちが歓声を上げた。

つられて目を開けた大人たちからも、どよめきが起こる。

目の前に現れたのは、迷宮の最深部で出会ったあの黒いドラゴンだった。

「すみません、天界に戻られたばかりだというのに」

神獣が目を細めた。

——気にするな、アルフよ。借りを返す時がきた。そなたのためならば、全力で働かせてもらおう。

気高きドラゴンは、美しく咆哮した。

教会の前に出て、俺はドラゴンの背に乗った。

「大丈夫？」

後ろに乗るレンナに尋ねる。

「う、うん……」

イテカ・ラたちに初めて乗る時には一苦労だったレンナだが、今回は問題なさそうだ。

多少顔が強張ってはいるが。

「僕たちは大丈夫」

「ねっ！」

彼女の後ろのミケイオとマリニアは余裕たっぷり。

その後ろのオウゴも深く頷いた。

「よし」

ドラゴンから下を見ると、イテカ・ラの背に乗ったツィペット先生が狼の頭をわしゃわしゃと撫でている。

「狼くん、よろしく頼んだよー」

ツィペット先生以外に、聖蜂スキルを使うことのできる『教会の守り人』のスキルを持った人々が五頭の神狼たちの背に乗った。青年のダーヤと、それから鬼人族の人たちだ。

「街は既に、魔人によって占拠されているはずだ。気を付けてくれ」

旅人が注意を促した。

「はい」

俺は頷き、イテカ・ラたちの背に乗る人たちに言った。

「危険を感じたら、自分の身を優先してください。それから、渡したアイテムも遠慮なく使ってください」

「はい」

鬼人族の人たちが頷く。

迷宮で得たアイテムやツィペット先生が合成してくれたアイテムなどはみんなに手渡していた。

彼らに頼んだのは、街の住民の救助だ。

「お任せくだされ、教会主様」

ツィペット先生が朗らかに言う。

先生のいつもと変わらぬ飄々《ひょうひょう》とした調子に触れていると、俺の心に余裕が生まれる感じがした。

旅人が俺に向けて言う。

「頼んだぞ、アルフ。追い詰めれば、奴は必ず正体を現す。そうなれば……あとは我々に任せてくれ。そのための準備はしておく……」

含みのある言葉だった。

「ええ。お願いします」

「アルフ、気を付けてね」

リアヌンが俺に言った。

「ありがとう。行ってきます」

俺はお礼を言ってから、ドラゴンに声をかける。

「お願いします」

――よかろう。

黒く巨大な翼が動き始める。

「行ってらっしゃいませ」

「お気を付けて、アルフ様！」

教会の人々が口々に叫んだ。

「行ってきます！」

ドラゴンが高く飛び上がった。

それと同時に、ツィペット先生らを乗せたイテカ・ラたちも走り始めた。


都市パルムには、火の手が上がっていた。

旅人が言った通り、街のいたるところで闇が蠢いている。

森で見られるような野生の魔物とは明らかに違う。

魔人の息がかかった者たちだろう。

方々から、人々の悲鳴や怒号が聞こえた。

――下りるか。

「ええ、お願いします」

ドラゴンが都市パルムの片隅に着陸した。

木造の教会が激しく燃えている。

「ああ、なんてことだ……」

建物の前で、それをなす術なく眺める神官がいた。

「大丈夫ですか」

見覚えがある顔だった。

以前、教会事務局で仕事の報告をした時に、色々と話をしてくれた老神官だ。

彼は俺の方を振り返り――ドラゴンを見て固まった。

「中にまだ誰かいますか？」

俺の言葉に、老神官ははっとしたように顔をあげた。

「い、いいえ。私が最後だったと……」

「分かりました」

俺は燃え盛る教会に向かって、スキルの合言葉を唱えた。

『ここに、聖なる泉を』

聖水が溢れ出して、勢いよく教会の火を消し止める。

今のイスムの教会では、残った人たちが神力を絶やさぬようにと必死の思いで祈ってくれているから、神力が枯渇《こかつ》する心配はない。

大量の聖水を呼び出すと、自分のそばに彼らがいてくれるような気がした。

「よし」

「アルフ！」

レンナの叫び声に振り返ると、彼女が大量の聖蜂を出現させていた。

こちらに向かって、二つの闇が猛然と近づいてくる。

魔物か……！

俺が駆けつける前に、ミケイオとマリニアが手から光を放った。

『精霊の塗り薬』を使った攻撃だ。

強力な精霊の光が二つの闇を簡単に払いのけると、その中から神官が現れた。

光が当たった神官がその場に倒れ込む。

精霊の力によるダメージは負っていない。

魔物に反応するという性質のおかげで、邪な魔力だけを取り払えたらしい。

「アルフ兄ちゃん、この人……」

ミケイオが下を見て言った。

「大丈夫。魔力に支配されただけで、怪我はしてないみたいだ。今の調子で、闇に取り込まれた人を解放していってくれる？」

「うん！」

「な、何が起こっているんだ……」

困惑したように、老神官がうめく。

「他の神官たちは？」

俺が尋ねると、老神官は言った。

「先ほど、大聖堂の鐘が鳴っただろう。それで皆、聖王の元に向かったはずだ。それがどうしてこんなことに……いや、私も遅れてしまったが、早く大聖堂に行かねば。君も」

「いえ、大聖堂には行かないでください」

「えっ……」

「詳しくは言えませんが、行ってはだめです」

おそらく魔人は、そこに集まった者を取り込んでいるのだろう。

「……」

老神官が怯えた顔でこちらを見る。

「わ、分かった。だが、どうすればいい……？」

「安全なところ……がどこかは分かりませんが、とにかく隠れていてください」

「そ、それなら、近くに私の家がある。家の地下室なら大丈夫じゃないか？」

「ではそれで、よろしくお願いします」

「よしよし。君たちも一緒にくるね？」

「いえ、俺たちは行きません」

「ど、どうしてだっ」

老神官は狼狽《ろうばい》した。

至るところから上がる煙、悲鳴。

俺は、みんなの表情を確かめる。

レンナ、オウゴ、そしてミケイオ、マリニア。

誰一人として、臆する表情を浮かべる者はいない。

「俺たちにはやるべきことがあります。先に行っていてください」

老神官は俺とみんな、それからドラゴンのことをじっと見た。

「神よ。この者たちをお守りください」

震える瞼を閉じて、老神官が真剣な声で呟いた。

祈り終わると、前方に見える家を指さしながら言った。

「あの、尖った屋根の建物が私の家だ。いつでも来てくれ」

「ありがとうございます」

老神官が小走りで去っていった。

改めて、俺はみんなの方を振り返る。

「ここで別れよう。俺はドラゴンに乗って、聖王を探す。みんなは街の人たちのこと、よろしくね」

「分かった」

レンナが迷いなく頷く。

「「はい！」」

「また後で」

オウゴが俺を送り出してくれる。

「ええ」

俺はドラゴンに乗った。

「あの、最も大きな教会へ」

——承知した。

黒い神獣の背に乗って、飛び立つ。

あの四人なら、きっと大丈夫だ。

迷宮での彼らの連携を思い出して俺は前を向いた。

◆　◆　◆

「いい……実にいいぞ……！」

魔人の力が次第に強大になっていくのを感じながら、聖王は呟いた。

「ククク……いいのか、聖王よ。この街はもう滅茶苦茶《めちゃくちゃ》だぞ」

崩れ落ちた建物、倒れている人。

それらを見下ろしながら、魔人が言う。

「馬鹿なことを言うな、魔人よ！」

聖王が興奮した口ぶりで答えた。

「この世界がお前と私のものになるのだ。こんなちっぽけな街のことなど、どうでもよい！」

「ハハハハハハハ！　そうだな、よく分かってるじゃないかぁ！」

街全体の苦しみを吸って、魔人の力がさらに膨らんだ。

「……なんだあれは」

「あぁ？」

闇が渦巻く街の上を、こちらに向かって飛んでくるものがある。

聖王はその正体に気が付き、顔色を変える。

「あの男……それに、まさか……」

若き神官が乗っているのは、紛れもなく聖王が手に入れられなかったドラゴン。

魔人は不敵な笑みを浮かべた。

「久しぶりだな、愚かな神獣よ……！」

「この世界の王に逆らうことが、どういうことなのか教えてやろう！」

聖王の振った杖からおぞましい魔力が噴き出して、ドラゴンへと襲いかかった。

第七話　聖者になった神官

俺の顔を見るなり、聖王は杖を振った。

杖の先から、闇が溢れる。

完全に敵だとみなされている。

――戦うぞ、アルフ。

「ええ」

ドラゴンが青い炎を噴いた。

凄まじい音と熱。

歴史上で語られてきた脅威の力を肌で感じる。

とんでもない魔力だ。

聖王の放った闇は簡単に霧散《むさん》して、青い炎はそのまま聖王と魔人に襲いかかった。

倒したか、いや……

炎がかき消され、その中から聖王が叫びながら杖を向けてくる。

「その程度の力か！」

杖の先から、黒い雷が放たれた。

「俺がやります！」

俺はそう言うと同時に、蛇のようにこちらに噛みついてくる黒い雷をありったけの火魔法で燃やし尽くす。

魔法が相殺《そうさい》されている間に、ドラゴンは深く息を吸い込んで距離を詰めた。

「くっ！」

聖王の顔が歪む。

神獣の口から、渾身《こんしん》の炎が噴き出された。

今度こそ……！

炎は聖王たちを包んだかと思ったが、その向こう側から笑い声が聞こえてくる。

ドラゴンの青い炎が完全に消え、聖王が闇の中に浮いていた。

首がだらりと垂れたその姿は、意識を失っているように見えた。

「よくぞやってくれた、二人とも」

闇の中から声がした。

聖王のものではない別の声だ。

「この時を待っていた……この愚かな人間が力尽きる瞬間をな」

聖王の体がふわりと浮き、立っていたバルコニーから、地面へと放り出された。

「封印は解かれ、こいつとの契約も終わった。つまり俺様は……ようやく本来の姿に戻ることができるわけだ」

魔人の体が、空を覆う黒い闇に吸い込まれていく。

魔力の気配が変わり、地響きのような音が空から降ってきた。

俺の頭の中に声が響く。

――さて、下等な生物どもよ。どこまで抗《あらが》えるかな、神である私に。

その言葉は預言者のスキルを通して伝わってきた。

魔人から、魔神へ。

古の災厄が、完全な力を取り戻した証《あかし》だった。

空を羽ばたいていたドラゴンが、空を見て唸る。

――アルフよ、聞こえるか。

「ええ」

――あの旅人が言っていた通りだな。我々はつまり……役割を果たした。

神獣の声は落ち着き払っていた。

「そうですね。あとは信じるだけです」

俺がそう言って天を見上げると、次の瞬間、真っ暗だった空に光が差し込む。

――……何？

魔神の声に、動揺がにじむ。

――魔神よ。お前は一線を越えてしまった。

雷鳴とともに聞こえてくる声。

それは紛れもなく、あの旅人のものだった。

――お、お前は……

――愚かな魔神よ。この地上で「神」としての力を揮《ふる》おうというのであれば、お前が相手にすべきは人間たちではない。

――我々だ。

現れた光が闇を押しやっていく。

――ふざけるなぁぁぁぁ！

教会都市の上空で、光と闇が互いの領域がせめぎ合う。
世界を創造しうる力と、破壊しうる力。
途方もない力と力のぶつかりあい。
一歩間違えれば、この世界など欠片《かけら》も残らず消し飛ぶのではないかとすら感じる。
街に目をやると、大勢の人が外に出ていた。
一人、また一人と隠れていた建物の中から出てきて、空を見上げている。
祈りを捧げはじめる人も出てきた。
突然訪れた世界の終末のような状況に、人々は神の力にすがっている。
一際激しい音が響いた。
——ウガァァァァ！
見上げると、闇のほとんどが光に呑み込まれていた。
——力の差ははっきりした。魔神よ、諦めろ。
——ありえない……信じてなるものか……俺様が二度も負けるなど……
わずかに残った闇から、震えるような声が聞こえてくる。
——力……力が必要だ……
闇の中から邪な者が姿を現す。
「お前たちの魂を、俺様によこせ！」

神としての力を失った魔人が、街に向けて必死の形相《ぎょうそう》で手を伸ばす。
ドラゴンが、魔人の動きを見て対応する。
両翼をはばたかせて魔人に迫るが、少し距離がある。
魔人はこちらのことなど一切視界に入らない様子で街へと飛んでいく。
「こっちだ、愚か者！」
俺は叫んで、魔人の注意を引きつけようとした。
魔法で操った強い風で動きを押しとどめると、ようやく魔人がこちらに意識を向けた。
「誰が愚か者だぁぁぁぁ！」
標的を変えて、俺たちの方へ向かってくる魔人。
その瞬間、神獣が口を開いた。
青い炎が放たれると、魔人は声もなく一瞬にして消滅した。

地上から歓声が聞こえた。
見ると、パルム中の人がこちらを見上げている。
空の闇が晴れて、都市パルムに光が降り注ぐ。
闇が去ったことで、人々の間に安堵の波が広がった。
俺は街の中に、ミケイオとマリニアの姿を見つけた。

そのそばには、レンナとオウゴだけでなく、ツィペット先生と『教会の守り人』たち、神獣であるイテカ・ラたちもいた。

彼らは逃げ遅れた人々を率いて、街で暴れていた闇から守り抜いてくれたようだ。

レンナが俺の視線に気が付いて、こちらに手を振った。

俺もそれに応え手を挙げると、誰かが叫んだ。

「聖者様だ……聖者様がこの街を救ってくださったぞ！」

人々はこちらに手を振り、笑い、涙を流し、中には救われた喜びで抱き合っている者もいた。

そして、誰もが祈りを捧げる。

――アルフよ、古代の竜よ。よくぞやってくれた。

空に浮かぶ光から、旅人の声が降ってきた。

ドラゴンが返事するように唸る。

「こちらこそ、ありがとうございました」

俺が感謝を捧げると、光はこの世界を祝福するように輝いた。

そんな魔人騒動《そうどう》からしばらく経ったある日。

「こんにちは」

「おや、アルフぼっちゃん！　今日も姫様とご一緒ですか」

お昼過ぎに商館を訪れると、野菜売りのポーロさんがいつもの笑顔で迎えてくれる。

「ええ、そうなんです」

「こんにちは、ポーロさん！」

「ははっ。いつも元気でいらっしゃいますね、姫様は」

リアヌンの挨拶に、ポーロさんがにこやかに頷く。

ここしばらく、俺はリアヌンとともに何度かパルムへとやってきていた。

ポーロさんとリアヌンもすっかり顔見知りだ。

「ポーロさん、ちょっと遅い時間になってしまったのですが……野菜の買い取り、お願いできますか？」

「ええ、ええ。もちろんですとも！　じゃあ、裏に回りましょう」

「お願いします」

商館のそばに停められている荷車に、イスムの教会でとれた野菜を取り出して載せる。

収納スキルで『保管庫』から取り出せば、あっという間に野菜や果物や肉の実の山ができた。

「今日もまた、とんでもない量をお持ちになられましたね……！」

「すみません、いつもいつも」

「いえいえ」

ポーロさんが丸くて優しい目で街を見る。

「ようやく活気が戻ってきたところですからね。今日もしっかり売らせていただきますよ……！」

「よろしくお願いします」

ポーロさんに野菜を買い取ってもらった後、俺たちは街へと繰り出した。

都市パルムを歩くと、至るところから声をかけられたりこっそり祈りを捧げられたりするようになった。

「聖者様、こんにちは！」

「聖者様だ……」

「こ、こんにちは」

「ふふっ。すっかり有名人だね」

ぎこちなく挨拶する俺に対して、リアヌンがからかうように言った。

「ああ、まぁ……」

この状況には、まだ慣れていない。

以前はこの街の神官の一人でしかなく、特に顔が知られているわけではなかった。

だが今は、「復活した魔人から都市パルムを救った人物」として、多くの人から讃《たた》えられていた。

変な目立ち方をするのは、あまり良いこととは思えないのだが……

『厳格の神』から頼まれてもいるので、今のところはその役を引き受けている。

今回の騒動の後、俺は預言者のスキルを通じて、天界に戻った厳格の神と様々な話をした。

上位の神々から許可を得たという厳格の神――イデロフさんは、それまで俺が知らなかった情報を色々と教えてくれた。

聖王に一任していたこの街のスキルのほとんどが、特権階級の者たちの私欲のために使われており、人々の幸せにつながっていなかったこと。

そこで天界にいる神々が方針を変えて、厳格の神であるイデロフさんにこの街を任せたこと。

スキルを厳しく管理しようとしたイデロフさんに不満を抱いて、聖王が魔人の封印を解き、今回の騒動を起こしたこと。

そして――今後は都市パルムの神力とスキルの管理を、俺に任せたいのだということ。

「俺……ですか？」

――ああ。私が調べた結果、都市パルムにいる正神官の中では君が最も適任だと思う。

「えっと……」

――何か気になるかね？

「いえ、自分にできることなら役に立ちたいとは思っています……しかし、この街で聖王の代わりをやるということですよね」

――実質的にはそうなるな。嫌かい？

「まぁ……ちょっと荷が重いといいますか……」

正直に答えると、笑い声が聞こえてきた。

——君以外のパルムの正神官なら、誰しもが飛びつきそうな話だが。ふっ。それにしても、まるでリアヌ神のようだ。どうやら君も、周りとは違う感性を持っているらしい。

「はぁ」

リアヌンと俺。言うほど似ているだろうか……？

——よかろう。君が権力を欲していないということはよく分かった。本来ならばそういった者にこそ、人を率いる立場についてい欲しいものだが……私としても、今回の功労者でもある君に、望まない仕事を押し付けるというのは気が進まない。君はパルムの正神官でありながら、どちらかといえばイスム地区に根を下ろしているところもあるしな。

「ええ、そうですね」

——ならば、こうしよう。私はここしばらく、この街がどういった状況に置かれているのかを調べていた。神官や教会周りの人間が中心だが、それ以外にも、街に住む人たちのことを色々とね。結果、君ほどではないにせよ、最低限の善意と信仰心を持ち合わせた人物が少なからずいることも確認済みだ。そういった人間について君に教えるから、彼らを呼び出して、私の言葉を伝えてくれ。この街に新しい秩序をつくるため、パルムの神が働くように求めているのだと。それから先は、彼らに任せてくれていい。

「分かりました」

こうして俺は、イデロフさんの言葉を人々に伝える預言者として、パルムの秩序回復に奔走《ほんそう》した。

神という大きな後ろ盾があれど、パルム出身でもなく年齢も若い俺の話を、はたして街の人々は聞き入れるだろうか……という不安はあったが、俺の予想に反して、物事はとんとん拍子に進んだ。

魔人の復活や街全体が攻撃される異常事態により、街の人々に「団結しなければ」という意識が生まれたようだった。

それから多くの人が俺と魔人との戦いを目撃していたのも大きかった。

地上で暴れていた、邪な魔力に乗っ取られた神官たちから街を守ったのが、イスムから来た人や鬼人であったことも俺たちを信頼するきっかけだったようだ。

そして決定打となったのは、都市パルムのほとんどの神官や上位身分に就いて聖王からスキルを受け取っていた全員が、一夜にしてスキルを失ったことである。

その一方で、俺やイスム地区の人々は騒動の後も神から与えられた力を持ち続けた。

祈りを捧げることが日常となっている教会都市の市民たちは、神に対する信仰心を持つ人が多い。

パルムに暮らしていることにプライドを持ち、よそ者たちに対して排他的な意識を持つ人も少なくはないが……

今回に限って言えば、スキルを失ったパルムの神官や上流階級の者たちより、スキルの力で街を救ったイスムの者たちが神の味方だと信じてくれたみたいだ。

スキルが失われたと知るや、神の信頼を失ったという事実を周りに知られることを恐れ、これまで権力の座にふんぞり返っていた人々が夜逃げするように都市パルムから出ていった。

聖王を頂点とした、神から与えられた力を持つことを根拠に維持されていたこれまでのパルムの権力構造は急速に崩壊した。

俺はパルムの新しい神が指名した人物に声をかけて、彼らに新しい秩序を築くために働いてほしいと頼んだ。

その中には、魔人に街が襲われていた時、俺たちに避難場所の家を提供しようとしてくれた老神官もいた。それから俺がお世話になっていた神学校の先生たちも。

他にも教会関係者ではなく、冒険者やパルムの外から来て商売を営《いとな》んでいる人たち、熱心に祈りを行っている人々などが集められた。

そういった人々によって、今後、この街をどう守っていくのかという話し合いが、聖王なき大聖堂――厳格の神の面前で日夜行われることとなった。

教会都市であるということは維持されるだろうし、神への信仰も変わらないだろう。

それでも、街は自由な話し合いを重んじる方向へと急速に進みつつあった。

厳格の神が望んだ通り、都市パルムとそこに住む人々は、根本から生まれ変わろうとしていた。


そして、俺はと言えば……

「じゃあ、帰ろうか」

「はーい！」

野菜を買い取ってもらった後、ちょっとした買い物と街の人との話し合いを済ませると、俺はスキルでドラゴンを呼び出してリアヌンとその背中に乗った。

パルムの人々が、飛び立つ俺たちを手を振りながら見送ってくれる。

「いつもすみません」

俺は黒き神獣に声をかけた。

——いや。今日も心地のいい空だ。

美しい夕焼けに目を向けながら、神獣は唸った。

魔人の討伐以降も、ドラゴンは俺たちに力を貸してくれていた。

厳格の神がそうするように命じたのもあるだろう。

神獣自身も大昔に都市パルムを襲ったという負い目や、封印を解いてもらった恩返しということで、いつでも頼ってくれと俺に言ってくれた。

そういうわけで、俺は主にイスムの教会とパルムの往復の際に、天界で暮らす彼を召喚して力を借りていた。

これは単に移動が楽だから……というわけではなく、厳格の神に「パフォーマンス」としてお願いされているという理由もあった。

魔人の討伐に深くかかわったドラゴンと、その背中に乗る聖者の姿を見れば、都市パルムの復興を望む人々にとって希望になるだろうと言われて、納得した。

もう一つの意味として、パルムが慌ただしく生まれ変わっていく中でよからぬことを考える者がいたら、街の上空を飛ぶドラゴンの姿を見せることで、牽制《けんせい》につながるとも言っていた。

あらゆる面で徹底している厳格の神の考えを聞いていると、面白いなと思ってしまう。

「気持ちいいねー」

後ろにいる女神様がのんびり言った。

俺たちに全てを任せ、ただただ寄り沿い続けてくれるこの女神様とは、正反対のアプローチだ。

それでも、どちらの神も真剣に俺たち人間の幸せを考えてくれていることは分かる。

神として介入できるぎりぎりの範囲内で力を貸してくれていることを思うと、感謝の気持ちで満たされた。

「アルフー」

リアヌンが、俺の名前を呼んだ。

「ん？」

「本当に綺麗な場所になったね」

「……そうだね」

上空から見渡すイスム地区に、ゴミの山はもうどこにも見当たらない。

俺たちが聖火で燃やし続けた結果だ。

そして今のパルムの人々を見ていると、新たにゴミが捨てられることもないだろうと思う。

すがすがしい眺めを堪能していると、教会が見えてきた。

リアヌの聖院改め『リアヌの大聖堂《だいせいどう》』だ。

今回の一連の騒動で、俺やイスムの教会で暮らす人々の功績が天界でも評価されたらしく、教会がランクアップを果たした。

都市パルム以上に大きな大聖堂が一つ。

そしてその周りには、生活のための豪華な設備を備えた建物が三つ。

俺たち人間が寝泊りするための建物、鬼人族の人たちが生活する建物、そして三つ目は外部から来た巡礼者や旅人、冒険者たちが宿泊することのできる建物。

これ以上大きくなってどうすんだ……という思いもなくはなかったけれど、住んでいるみんなは楽しそうだし、女神様も喜んでいた。

「大きい方がいいよね！　なんか、かっこいいし！」

そう言われた時は、思わず苦笑いしてしまったけれど……

パルムの人たちが街の教会で祈ることによって溜まる神力までこっちに回されるようになったし、これからも色々と発展していくんだろうなぁ……

俺は他人事のように考えた。

巨大な大聖堂の近くまで来ると、畑にいた人々がこちらに気付き手を振ってくれた。

広大な畑での仕事は終盤に差し掛かっていた。

鬼人族の人たちが教会から出てきているところも見える。

畑の周りには、子供たち、そして神獣たちの姿もあった。

ドラゴンの下りる場所へ、みんなが嬉しそうに駆け寄ってくる。

「おかえりなさい。アルフ様、姫様！」

その中の一人が元気よく迎えてくれる声を聞いて、俺とリアヌンが応える。

「ただいま帰りました」

「ただいま！」

俺は今日も無事、自分たちの居場所に帰ってくることができた。


夜になり、人々が大聖堂の外へ集まってきた。

そして今日も、晩餐の時間が始まる。

豪華な料理と皆の笑い合う声。

その場が温かな雰囲気に包まれる。

「アルフ」

女神様が俺の名前を呼んだ。

「ん？」

リアヌンが、女神らしい穏やかな目でみんなを眺めながら言った。

「幸せだね」

「うん」

俺が頷くと、リアヌンは満ち足りた表情を浮かべた。

それから、食事をするみんなの中に交じっていく。

美味しそうに料理を食べるリアヌンを見て、俺は『変わらないな』と思い、笑った。

これからもきっと、幸せでにぎやかな日々は続いていくだろう。

Re:Monster
リ・モンスター
1〜8.5〜9・外伝
暗黒大陸編1〜3
金斬児狐
Kanekiru Kogitsune
シリーズ累計150万部(電子含む)突破!
2024年4月
TVアニメ放送決定!!
ネットで話題沸騰
怪物転生ファンタジー
最弱ゴブリンの下克上物語 大好評発売中!
【小説】1〜9巻/外伝/8・5巻
◉各定価：1320円（10％税込）
◉illustration：ヤマーダ
新章
【小説】1〜3巻（以下続刊）
◉各定価：1320円（10％税込）
◉illustration：NAJI柳田
コミカライズも大好評
◉各定価：748円（10％税込）
◉漫画：小早川ハルヨシ

異世界ゆるり紀行
子育てしながら冒険者します
1~15
水無月静琉
Minazuki Shizuru
シリーズ累計110万部（電子含む）突破!!
2024年待望のTVアニメ化!
1~15巻
好評発売中!
コミックス
1~8巻
好評発売中!
子連れ冒険者ののんびりファンタジー!
神様のミスで命を落とし、転生した茅野巧。様々なスキルを授かり異世界に送られると、そこは魔物が蠢く森の中だった。タクミはその森で双子と思しき幼い男女の子供を発見し、アレン、エレナと名づけて保護する。アレンとエレナの成長を見守りながらの、のんびり冒険者生活がスタートする!
異世界ゆるり紀行 子育てしながら冒険者します
水無月静琉
転生したら、双子を保護しました。
子連れ冒険者の異世界のんびりファンタジー!
異世界ゆるり紀行 子育てしながら冒険者します
水無月静琉
みずなともみ
転生したら、幼い双子を保護しました。
シリーズ累計15万部!!
●各定価:1320円（10%税込）●Illustration:やまかわ
●漫画:みずなともみ B6判 ●各定価:748円（10%税込）

風波しのぎ
Kazamani Shinogi
シリーズ累計
250万部!
(電子含む)
THE NEW GATE
ザ・ニュー・ゲート
01~22
2024年 待望の
TVアニメ化!
コミックス
1~13巻
好評発売中!
デスゲームと化したVRMMO
ーRPG「THE NEW GATE」は、
最強プレイヤー・シンの活
躍により解放のときを迎えよ
うとしていた。しかし、最後
のモンスターを討った直後、
シンは現実と化した500年
後のゲーム世界へ飛ばされ
てしまう。デスゲームから"リ
アル異世界"へ——伝説の
剣士となった青年が、再び
戦場に舞い降りる!
漫画:三輪ヨシユキ
各定価:748円(10%税込)
風波しのぎ
THE NEW GATE
ザ・ニュー・ゲート
01 終わりと始まり
500年後のゲーム世界で繰り広げられる
絶対覇者《ハイヒューマン》
無双バトル!
驚異的人気のWeb小説、待望の書籍化!
THE NEW GATE
ザ・ニュー・ゲート
デスゲームから500年後のゲーム異世界へ
絶対覇者降臨
新たなる無双伝説開幕!!
シリーズ累計
15万部
大人気ファンタジー待望のコミカライズ!
各定価:1320円(10%税込)
1~22巻好評発売中!
illustration:魔界の住民(1~9巻)
KeG(10~11巻)
晩杯あきら(12巻~)
アルファポリスHPにて大好評連載中
アルファポリス 漫画
検索

～子狼に
気に入られた男の
転移物語～
拾ったものは大切にしましょう
著 ぽん
PON
異世界で
狼と双子拾いました。
アルファポリス
人気ランキング
第1位
※期間:2020年3月～4月

～子狼に気に入られた男の転移物語～
拾ったものは大切にしましょう
著 ぽん
異世界で
狼と双子拾いました。
人気ランキング
第1位
アルファポリス
ぼっちの狼と孤児の双子と一緒に幸せな冒険者生活を送ります!

前世で家族に恵まれなかった俺、
今世では
優しい家族に囲まれる
俺だけが使える
氷魔法で
異世界無双
著
おとら
第3回
次世代ファンタジーカップ
特別賞
転生して生まれ落ちたのは、
ほっこり家族!
家族愛に包まれて、チートに育ちます!
家族
みんなが
俺に甘い!
孤児として育ち、もちろん恋人もいない。家族の愛というものを知ることなく死んでしまった孤独な男が転生したのは、愛されまくりの貴族家次男だった!? 両親はメロメロ、姉と兄はいつもべったり、メイドだって常に付きっきり。そうした過剰な溺愛環境の中で、0歳転生者、アレスはすくすく育っていく。そんな、あまりに平和すぎるある日。この世界では誰も使えないはずの氷魔法を、アレスが使えることがバレてしまう。そうして、彼の運命は思わぬ方向に動きだし……!?
●定価:1320円(10%税込) ●ISBN 978-4-434-33111-4 ●illustration:たらんぼマン

この作品に対する皆様のご意見・ご感想をお待ちしております。

おハガキ・お手紙は以下の宛先にお送りください。

【宛先】

〒150-6019 東京都渋谷区恵比寿4-20-3 恵比寿ガーデンプレイスタワー19F
（株）アルファポリス　書籍感想係

メールフォームでのご意見・ご感想は右のQRコードから、
あるいは以下のワードで検索をかけてください。

アルファポリス　書籍の感想　検索

ご感想はこちらから

本書はWebサイト「アルファポリス」（https://www.alphapolis.co.jp/）に投稿されたものを、改題・改稿のうえ、書籍化したものです。

追放《ついほう》された神官《しんかん》、【神力《しんりき》】で虐《しいた》げられた人々《ひとびと》を救《すく》います！3
女神《めがみ》いわく、祈《いの》る人《ひと》が増《ふ》えた分《ぶん》だけ万能《ばんのう》になるそうです

Saida（サイダ）

2024年　1月31日初版発行

編集－小島正寛・仙波邦彦・宮坂剛
編集長－太田鉄平
発行者－梶本雄介
発行所－株式会社アルファポリス
〒150-6019 東京都渋谷区恵比寿4-20-3 恵比寿ガーデンプレイスタワー19F
TEL 03-6277-1601（営業）　03-6277-1602（編集）
URL https://www.alphapolis.co.jp/
発売元－株式会社星雲社（共同出版社・流通責任出版社）
〒112-0005 東京都文京区水道1-3-30
TEL 03-3868-3275
装丁・本文イラスト－かわすみ
装丁デザイン－AFTERGLOW
印刷－図書印刷株式会社

価格はカバーに表示されてあります。

落丁乱丁の場合はアルファポリスまでご連絡ください。

送料は小社負担でお取り替えします。

ISBN 978-4-434-33112-1 C0093